17歳のラリー

天沢夏月

角川文庫
22373

目次

さっさと消えてくれよ

春休みの練習日で、午後練の日だった。三月でも午前中だと少し肌寒い空気が、正午を過ぎてほどよく温まっている。風はちょっと強い。すでに散り始めている桜の花びらが、吸い込まれるように青空に昇っていく。なんだか春が逃げていくみたいだな、と思いながら俺はくしゃみを一つした。花粉症の薬を飲んだら落ち着くはずの鼻が、ぴくぴくとむずがゆい。空気がぎざぎざしている感じがする。鼻をすすりながら新しいグリップを巻き終えて、ラケットをコンチネンタルグリップで握ってみる。

「おーす」

川木の軽い声で、ぎざぎざとした空気は鋭さを増す。山本がじろりと睨んで、高瀬は「おー」と呑気に挨拶を返す。後輩の二年が「ちわーす」と声をかける。俺は山本スタイルも高瀬スタイルもしっくりこなくて、ただ「おはよう」と言った。すると川木が笑って「もうこんにちはだろ、徹」と俺の頭をがくがく揺さぶる。

「でもこんにちはって敬語っぽくね？」

「確かに。タメで使わないよな」

「こんばんはも言わねーな」

「おはようだけだよな、なんかタメ語っぽいの」

高瀬と川木のノリはいつも通りで、山本が小さく舌打ちするのが聞こえた。俺もなんだか、胸の奥がもやつく。後からやってきた一年が微妙な空気に気がついて、ためらいがちに「ちわーす……」と言うと「声が小せえ！」と山本が唸った。

「お、グリップおニュー？　ちょっと打とうぜ、徹」

川木が俺のグリップに気がついて言った。ラケットのスロートに人差し指を引っかけて、くるくると回す。

「練習始まるぞ」

「まだ時間あるじゃん。十分だけ」

俺は山本の方を見たが、靴紐を念入りに締めているその背中は何も言わなかった。川木が先にコートに出ていってしまい、俺は仕方なく後を追う。

「クロスな」

言いながら、川木がボールを放る。宙に黄色の弧を描く球を見ると、のろのろ歩いていた足が自然と走り出す。

動き始めると羽織っていたウインドブレーカーが暑苦しくなって、すぐにコート脇に脱ぎ捨てた。寒がりの川木はきっちり首元までファスナーを閉めて、肩を縮こまらせながらボールを打っている。ショートラリーから始まって、すぐにクロスのロングラリーへ。川木はクロスラリーが好きだ。というか、クロスが好きだ。川木のボールはいつもサービスラインより手前に深く弾む。パワーのある山本と互角に打ち合えるヘビーボール、ほどよく回転のかかったトップスピン。バウンドしてから、外側に逃げるようにして伸びていく。取りづらくて、ついついポジションをクロスに寄せてしまうと「クロス寄ってるぞー」とでも言いたげに、すかさずボールがセンターに飛んでくる。川木のボールには、いつも言いたいことが乗っている気がする。俺のボールにはきっと、なんのメッセージもこもってはいない。

十七歳の春。今年で三年生だった。つまり、川木との付き合いは丸二年。ダブルスを組んでからはほぼ一年。最近、ラリーを重ねるほどに、川木との距離は開いていくような気がする。

*

——初めは冗談かと思ったのだ。

春休み初週の午前練習の後、三年の男子で昼飯を食おうという話になって、ラーメンを啜(すす)っていたら川木が突然言った。

「アメリカに来ないかって誘われた」

俺と山本の箸が止まって、高瀬がスープにむせた。

「すいません、替え玉一つ。バリカタで」

川木が呑気に注文をすると、「二つで」と山本が被せる。

「なんの話だ」

店員の方を向いていた山本の首が、ぐるっと九十度川木の方を向いた。

「ほら、冬に強化合宿みたいなの俺行ってきたじゃん。見にきてたおっかねえオッサンに声かけられてさ、連絡先交換したんだよ。そしたらこないだ電話かかってきて。アメリカにプロの養成してるでかい施設があって、そこ関係の人だったらしいわ」

川木は卓上の瓶から唐辛子にまみれた高菜をつまんでスープに落とした。

強化合宿というのは、東京の強豪校が主催でやっている有力選手を集めた練習会のことだ。呼ばれるのはだいたい私立のエースクラスだが、去年シングルス個人でインターハイに出ていた川木は公立の平凡な高校としては異例の呼び出しを食らった。ほぼインハイクラスの選手しかいない環境でやばかった、と本人は言っていたが、自分もそのやばいメンツの一人だということをうちのエースはあまり自覚していない。

「……まじ？」

高瀬が言うと、川木はようやく顔を上げる。

「マジなんだな、これが」

笑っているので、俺はまだ冗談かと思う。

「七月くらいにいなくなるわ」

その一言で山本が目を剝いた。

「七月⁉　おまえ、インハイは⁉　都立対抗は⁉」

「まあ……出れないよな。すまん」

「すまんって、おまえな……」

そのタイミングで替え玉が二つ、ポンとテーブルに置かれ、川木と山本が速さを競うかのようにそれをがばっとスープに落とした。そのまま二人そろってすごい勢いで麺を啜り始める。

「アメリカって、アメリカのどこよ？」

高瀬が話を進めた。川木は箸を止めて、

「んー、フロリダだったかな？」

「フロリダってどの辺？」

「南の端っこ。確かメキシコの近く」

「おお……じゃあ暑いのかね」

「あー、そうね。夏は結構暑いんだって言ってた。冬は暖かいってさ」

「へー」

高瀬と川木が平然と話す横で、山本が唸るようにもう一つ替え玉を頼んだ。

「あっちじゃ一人暮らし？」

「んー、どうだろ。寮みたいなのあんじゃない？　訊いてねえや」

「ルームメイトとかいる感じだったり？　英語しゃべれないと詰むやつじゃん」

「確かに。まあでも、テニス関係の英語はだいたいわかるから」

「ユウが外国暮らししてるところは想像つかねーなあ」

高瀬がスープを飲み干して、水のグラスに入った氷を口に含んだ。山本はまだずるずると麺を啜っている。他の何かまで呑み込んでしまおうとしているように見える。

「……アメリカか。遠いな」

つぶやいた自分の声は、なぜだか掠れていた。

「飛行機で十五時間くらいだよ。来れない距離じゃねえだろ。今どきメールだってあるんだしさ、連絡くれよ」

川木が笑って言う。

「つまり、プロを目指すってことなのか？」

俺は川木の言葉を無視して訊ねた。

麺を啜っていた山本が顔を上げる。高瀬は行儀悪く咥えた楊子を上下させている。

川木は黙って俺の顔を見返した。普段おちゃらけている川木にしては珍しく、妙に目が据わっていて、ああ本気なんだなと思う。

微妙にもやもやして、古本屋でだらだら時間を潰してから家に帰ると、久しぶりに兄に会った。

年の離れた兄はすでに社会人で、ＩＴ系の大企業に勤めている。一年目こそ定時で帰ってきていたが、四年目を控えた最近は概ね十時過ぎでたまに休日出勤もあり。

普段俺が部活で練習して帰ってきたってせいぜい七時くらいだ。そこから風呂に入って夕飯を食べて、リビングで父親の見るテレビをだらだら眺めたり――それでもだいたい十時前には部屋に引っ込んでいるから、顔を合わせることはほとんどないのだが、その日は珍しく定時だったらしい。

「ただいま」

と、自分が言うのは珍しかった。

「おー、おかえり」

ちょうど帰ったところらしく、兄は玄関先で上着を脱いでいた。丸まった背中、だらしなく緩んだネクタイと、皺の寄ったスーツ……真正面から顔を見たのは久しぶりで、疲れが鋭利な刃物で刻み込まれたかのようなその人相に俺は少し動揺する。

「お疲れ。練習？」

「ン。今日は早いね」

「珍しく、な。徹はいつまで春休み？」

「四月の……八かな？」

「いいなあ高校生。まだまだ先じゃん」

兄はくたびれたように笑って、ネクタイを乱暴に外した。

「今月何時間？」

兄の残業時間を訊くのは、話題に困ったときの癖になっている。

「さあ……五十は超えてると思うけど」

それが多いのか少ないのかも、俺にはわからないけど、その顔を見ているとついつい訊いてしまった。

「仕事さ、変えらんないの？　転職するとか……」

兄は苦笑いした。

「上司がよく言ってる。今のおまえが辞めてもすぐに代わりが来るだけで会社は屁とも思わない。再就職した先でも、辞めた誰かの代わりにされるだけ。それが悔しかったらあと三年頑張れってさ」

俺は兄の顔をまじまじと見た。

「きっと、三年後も俺の代わりはいるんだろうけどな」

兄は半ば吐き捨てるようにつぶやくと、俺の頭にぽんと手を乗せ、リビングの方へふらふら歩いていった。

「兄貴、風呂は？」

「先どうぞ」

自分の部屋へ戻るとき、ちらりと見えた兄はリビングのソファにだらしなく寄りかかり、だらりとぶら下がった両手にはまるで力がなかった。かつて高校サッカー部でキーパーをしていたのが嘘みたいだ。

高校時代の兄は、もっと潑剌（はつらつ）としていた。明るくて、毎日が楽しそうで、生き生きとしていた。俺なんかよりずっと、世界の日向（ひなた）を歩いていた。クラスでは間違いなく、目立つ人間だったはずだ。サッカーでも活躍していたのを知っている。でもその兄ですら、社会に出たらああなるのだ。代替可能な、社会の歯車の一つと化す。高校三年になったせいか、それは他人事（ひとごと）ではないように感じる。

そのとき俺は、ふっと川木のことを思い出した。

プロになるのか、と訊ねたときの、あのまぶしいくらいにまっすぐ未来を見据えた、澄んだ瞳（ひとみ）を思い出した。

あいつは違う。あいつは誰にも代わりができないことをやろうとしているんだ。

そう思うと、ふいに胸が大きな音を立てて軋(きし)んだ。

＊

朝練に来るメンツはだいたい決まっている。三年は俺と山本、後輩からは澤登(さわのぼり)、女子部は日々乃(ひびの)や宮越(みやこし)……川木はたまにしか来ないし、高瀬が朝練に来るのは見たことがない。

別にうちの朝練は強制じゃないし、練習メニューが決まっているわけでもないから、個々が勝手にやりたいことをやる。だいたいは球出しとか、サーブとか、放課後の練習で足りない部分を補う感じだ。

朝七時五十分、自転車で校門をくぐり、まっすぐコートへ向かうとまだ誰もいなかった。今日もサーブをやろうかな、と思いながら荷物からラケットを取り出していると、じゃりじゃりと足音が近づいてきて真後ろで止まる。

「おはよう」

振り返ると、少し吊(つ)り気味の大きな目と視線がぶつかった。

「おはよう……暖かそうだな、日々乃さん」

挨拶を返すと、ウインドブレーカーの首元をマフラーでぐるぐる巻きにした日々乃は目を閉じて頭をぶんぶん振る。

「ミスったの。なんか頭の中まだ春になってないみたい」

「ちょっとわかる。俺も新学期の実感あんまりない」

すでに四月になって二週間弱が経過していたが、三年になった自覚も薄く、俺にしろ日々乃にしろ相変わらずのテニス浸けの高校生活を送っている。その証拠にお互い朝練は皆勤賞だった。

「たぶん現実逃避だよね。受験生っていう現実から目を逸らそうとしてる……」

「もしくは高校生最後の年っていう現実か」

三年目の高校生活には、色々と「最後の」という枕詞がつく。最後の制服。最後のクラス。最後のインターハイ。大学も学生生活には違いないが、なんとなく小中高とは異質だ。こうして毎日朝練に出る日々だって、きっともう終わりが近い。

「だね」

日々乃が笑って、ついでのように訊いた。

「今日もサーブやるの？」

俺はうなずく。最近はいつもサーブを練習していた。

「隣で球出ししても大丈夫？　志保が来るんだ」

「むしろこっちのボール飛んでくかも」

「それは平気。Aはたぶん山本たちが使うでしょ」

うちには四面オムニコートがあって、AとB、CとDがフェンスで区切られている。同じフェンス内でラリーをしている人がいるときに、隣のコートで球出しやサーブ練をすると流れ球がぽんぽん飛んでいって邪魔になるので、暗黙の了解でラリー系と球出し・サーブ系の練習は領域を分けることになっていた。試合前のこの時期、山本が実戦に近いラリー形式の練習をしたがることは俺も知っている。

「じゃあ、俺D使う」

「わかった」

日々乃がうなずいたので、俺は視線を落としてシューズの紐を引っ張った。

「あのさ……」

遠慮がちな日々乃の声がした。

「川木のこと、知ってる？」

俺はシューズの紐を締めながら日々乃を見上げる。あまり感情を表に出さない日々乃の目が、わずかに揺らいでいるように見えた。

「誰かに聞いた？」

「志保が教えてくれた。志保は浅井さんに聞いたらしいけど」

「ああ……」

浅井に直に話したか、山本か高瀬がしゃべったのかもしれない。

「やっぱり知ってるんだ」

「三年男子は春休みに聞いた。山本と俺と高瀬」

「そっか……」

「それがどうかした？」

煮え切らないな、と思って訊き返すと、日々乃はかぶりを振った。

「ううん。ただ、こういうときどう祝福すべきなのか、よくわかんなくて。男子はどういう感じだったのかなって」

俺は春休みの光景を思い浮かべる。そういえば誰も、おめでとうとは言わなかった。

「……川木って、シリアスな話してても冗談っぽく聞こえるから」

自分で口にしていて、言い訳っぽいなと思う。別にそれが理由で、祝福しなかったわけではないことはなんとなくわかっている。

「ダブルスを組んでいる石島くんとしては、やっぱり複雑？」

俺は手を止めた。知らず知らずのうちに引っ張りすぎた靴紐が足をぎゅうぎゅうに締め付けていた。

確かに俺は川木とダブルスを組んでいる。去年の夏、先輩が引退してから、俺たちはずっとチームのダブルス1だった。川木が海外へ行くなら、俺たちのダブルスも当然解散だ。

　しばらくその意味を考えてから、俺は日々乃の目を見ずに答えた。

「……俺は別に。日々乃さんこそ、エース同士、なんか思うところないの？」

　彼女の口元が、わずかに強張った。

「ありそうに見える？　私とあいつじゃ、全然レベル違うのに」

「でも、たまに川木と打ってるじゃん」

　そう、日々乃はときどき、川木と打っている。スクール出身で女子部エースの日々乃のテニスは「フォームがめちゃくちゃ綺麗で理想」と川木が常日頃から絶賛しているのは俺も知っている。俺の目から見ても、確かにとても綺麗なテニスをする。

　日々乃は肩をすくめた。

「今までも遠いやつだったから。ますます遠くなるんだなって思うだけだよ」

　遠いやつ。それは確かに、俺も思う。ずっと、思っている。

「……十五時間らしいよ。フロリダまで」

　川木に言われたことを思い出してぽつりとつぶやくと、日々乃は俺を見て、首をかしげた。

「石島くん、変な顔してるよ。すごい変」

放課後、その日はダブルス練習があって、俺は川木とともにコートに立った。

プロはともかく高校テニスレベルだと上手さと強さは必ずしも一致しないが、そんな中でも川木は上手くて強いと断言できる希有な選手だ。ただ、実のところムラッ気の強い選手でもあって試合内容は安定しない。調子がいいときは全国クラスでも手がつけられないが、調子がとことん悪ければなんでもないような相手でもタイブレークになる（まあ結局勝つことが多いが）。

しかしそんな川木が、ダブルスだと不思議とプレーが安定してミスも少なくなる。もともと技術巧者でタッチがいいので、ボレーの機会が多いダブルスで活きるのは道理だが、どちらかというとメンタリティの差だと俺は思っている。シングルスではちょっとしたことですぐに調子を崩す川木が、ダブルスで大きく崩れるのは見たことがないのだ。パートナーとしては頼もしい一方で、長らく不可解な謎の一つでもある。

「今のはもう少しクロスラリー付き合ってもいいんじゃないか」

ゲーム形式の実戦練習だった。川木に言われて俺は直前のプレーを反芻する。クロスに大きく振られたのでカウンター気味に相手のストレートを狙ったのだが、少し強引過ぎてネットにかけた。今の相手の後衛は山本で、部内でも屈指のハードヒッターである彼と正面から打ち合うとどうしてもパワーに押される。ハードヒッター相手だとクロスラリーから逃げてしまうのは、前々から川木に指摘されていることだった。

「徹、打ってるうちにポジション下がってるのかもな。翼のポジションがどんどん前に出てくるんだよ。後ろ見えないからわからんけど」

川木は真顔で言う。確かにポジションは下がっているかもしれない。

「気をつける」

「強気にな。半面でもコート広く使えるのが徹のいいところだから」

川木が掲げた右手に、俺はぎこちなくハイタッチする。

再び前衛ポジションへ上がっていくその背中をぼんやり見送る。

テニスをしているときの川木は、普段とは別人だ。学校生活では見たことのない真剣な顔でボールを追い、どんな遠いボールも絶対に最後まで諦めず、パートナーである俺に対しても自分に対しても厳しい。

川木が後衛で自分が前衛のときよりも、川木が前衛で自分が後衛のときの方が印象に残る。たぶん、川木がポイントを獲る瞬間がよく見えるからだと思う。痩せぎすでひょろっとした背中は、エースとしての期待と責任なんて、そんなたいそうなものを背負っているようには到底見えない。だけど、遠い背中だ。同じコートに立っているのに、肩を並べていると思えたことは一度もない。いつだって川木は違うところに立っている気がする。渡米の話を聞いてからは、ますます強くそう思う。

山本がサーブを打って、俺がリターンを返す。クロスラリーが始まる。川木に言われたことを思い出して、ベースラインから下がらないように意識するけれど、山本のボールが深くてどんどんコートから追い出されていく――と、川木が流れるようにポーチに出て、山本の鋭いクロスボールを叩き落とすように決めた。コートの向こうで山本が渋面を作り、川木が振り向く。にっとサムズアップされて、俺は曖昧に笑うしかない。

川木が上手いのだ。俺のラリーがよかったわけじゃない。

――俺は別に。

今朝日々乃に言ったことは、嘘だ。

今までだって、不釣り合いなことはわかっていた。でもあの話を聞いてから、余計にそう感じる。川木と俺とでは住む世界があまりにも違い過ぎて、そんな人間とダブルスを組み続けることは、俺にとって針のむしろ以外の何物でもない。海外へ行くなら、さっさと行ってほしい。その残りわずかな時間すら、俺にとっては苦痛なのだ。

川木とのハイタッチはいつもなんだか虚しい音がする。ずっと、俺にだけそう聞こえている。

＊

川木裕吾（ゆうご）という選手に最初に会ったとき、天才という言葉の意味を初めて理解できた気がする。

入部してすぐにやらされた体力テストでは目立つ存在ではなかった。決してスタミナがある方ではなかったし筋力も並、そういうステータスに関しては山本の方が遥かに優秀で強そうに見えた。ただひとたびラケット片手にコートに立たせると——格が違う。山本は経験者組の中では頭一つ抜けて上手（うま）かったし、受験中もテニスをやっていたらしいのでブランクはほぼなかったはずだが、その山本が０－６で負ける相手がブランク有りの川木だった。

中学時代テニスをやっていて、素人に毛が生えた程度の俺の目にも、動きに無駄がなく洗練されていることはよくわかった。サーブ、ストローク、ボレーにスマッシュ、どれをとっても流れるようなフォームから鋭い打球を叩き出す。もちろん、川木は幼い頃からテニスをやっていて、絶え間ない練習の積み重ねにより今に至ったのだろうが、仮に自分が同じ条件で同じ練習をしてきたとしてもこんなふうにはなれない——そう思わせるほどに、他を寄せ付けないオーラのようなものが川木のテニスにはあった。なんでこの学校に来たんだろう、そう思うときさえあった。

川木はすぐにレギュラーメンバーに加わり、一年の頃から都立対抗にも新人戦にも出場してきた。同じ練習メニューをこなすことが少なくて、部活での接点はほぼ皆無、であれば学校生活での交流などあるはずもなく、俺にとっては二年生や三年生と同じように遠い存在だった。一年の頃にはほとんど話したこともなかったし、それは二年になっても変わらないだろうと思っていた。山本や高瀬はともかく、口下手で人付き合いに消極的な自分には、部活で縁がなければ他人も同然である。

二年目の夏、三年生が引退して俺たちが幹部代となり、山本が部長になった。主力だった三年生が抜けたことでダブルスのメンバーが大きく変わり、新たなダブルスは川木とナンバー2の山本が組むものと思われた。

けれど川木はなんの前触れもなくこう言った。

「俺、石島と組みたい」

当時の俺はテニス歴六年で、そこそこ経験はあったが部内での順位は四番目、安定している程度の取り柄しかない特徴のない選手だった。派手で目を奪われる川木や山本のようなテニスからはほど遠く、おもしろみもない。

もともと川木がペアを組んでいたのは三年生で、当時の部長でもあった。実力的には俺よりもずっと上で、特にダブルスが上手い人でもあった。そんな選手と組んでいた川木が、わざわざ「組みたい」と言う相手……。

——なんで俺？

という質問は、とうとうし損ねた。当時（今もだが）の俺は川木とそんな親しい関係ではなかった。どのタイミングで訊けばいいのかわからず、タイミングをはかっているうちにそれはとうとう「気まぐれだったのだろう」くらいの推論で俺の中に定着してしまった。

川木とのダブルスは、結果だけ見れば上手くいっていたのだと思う。

新人戦で本戦出場。地元の小さな市民大会で優勝。組み始めて数ヶ月で積み上げた結果に、けれど俺が歓喜することはなかった。

勝てるのは、川木が強いからのような気がした。

負けるのは、俺が弱いからのような気がした。

川木と組み続けるほどにその気持ちは強くなり、俺は川木とのダブルスに苦手意識を持つようになっていった。それくらい、俺と川木の間には実力差があった。川木のポーチでのポイント率は俺の倍以上あったし、サービスエースの数だって比べものにならない。

その川木と同じ側に立って、肩を並べて戦うということ……いや、肩なんて、一度だって並べられていなかったか。そもそも川木と俺が勝った相手はきっと、川木と山本が組んだって勝てたし、川木と澤登が組んだって勝てた。俺の存在価値は、その程度だ。川木が俺と組むことによって、特別なプラスアルファは生じない。だったら俺よりも実力のある人間が組んだ方が、いい戦績を残せるのは自明だ。川木と俺が勝てない相手でも、川木と山本が組んだら勝てるかもしれない。川木と澤登が組んだら勝てるかもしれない。このダブルスは、きっと俺じゃなくたっていい。川木が俺を選んだ理由は、ますます不可解になった。

ぼんやりと抱えていたもやもやは、川木が海外行きを告げた日に、確信に変わった。

今までだってすごいやつだとは思っていた。でも、心のどこかで、川木だって同じ人間だと思っていたのかもしれない。

違った。同じなんかじゃ、なかった。

俺くらいの選手なんか、高校テニス界をちょっと探せば、掃いて捨てるほどいる。いくらでも代えのきく量産品。でも川木のセンスは唯一無二だ。川木の代わりはいない。川木の前には、川木にしか歩くことのできない道が拓けている。

それを知ったとき、俺は無性に川木裕吾が憎たらしくなった。妬ましくなった。もともとその技術に嫉妬はあったけれど、こんなにも強く羨望を覚えたのは初めてだった。テニスが強いことにじゃない。それだけで自分の存在を主張し得るほどの強烈なアイデンティティを持っていることに、強く妬みを覚えた。そして同時に、凡庸すぎる自分に絶望した。川木に比べたら、兄ですら凡庸なのに、じゃあ俺なんかいったいなんだっていうんだ。

今、川木とのダブルスはいつになく嫌だ。視界に入れたくない。考えたくない。知らなかったことにしたい。そんな人間がいるなんて、信じたくない。

海外へ呼ばれているのなら、さっさと行ってしまえばいい。そこにはきっと、こんな部活よりもよっぽど、彼にふさわしい環境があるだろう。

＊

ミーティングをやる、と山本から連絡があった。インターハイ団体の予選に向けて、オーダーを考えるという話だった。単2複1のインハイ団体では一人の選手の単複重複出場はできないため、誰をシングルスに置くか、ダブルスに置くかが勝敗に大きく影響する。毎年の恒例行事だが、話し合うのはレギュラーメンバーなので俺がこのミーティングに出るのは初めてだった。

去年の団体、川木はシングルス1として出ていたので、今年もたぶんそうなるだろう。個人戦に関しては総体本戦出場の実績を持つ選手だ。シングルスで使わない手はない。そうなると必然的に他の選手の置き方が決まるので、正直無駄な話し合いだと俺は思っていた。

呼び出し先の視聴覚室へ行くと、すでに山本が来ており教卓に堂々と腰掛けていた。

「おう、早いな徹」

「掃除なかったから」

俺は一番前の席に座った。山本は部の中では比較的気が合う方だが、積極的にしゃべる間柄でもないのでお互いだんまりだ。

五分ほどして川木が教室に入ってきた。自然と山本の視線が険しくなる。あの話以来、山本と川木が普通に話しているのを見ていない。

「あれ、二年は？」と、川木。

「まだ来てない」

俺が答えたとき、ちょうど澤登、白石(しらいし)が入ってきた。

「遅くなってすいませんー」

山本が机から降りて、集まった四人をぐるりと見回す。

「そろったな」

川木（三年）、山本（三年）、俺（三年）、澤登（二年）、白石（二年）。今年の団体戦レギュラーメンバーはこの五人だ。順位は上から川木、山本、澤登、俺、白石となる。

「ま、メール送ったけど、インハイ団体の単複どうするかって話。っつか、どっちをダブルスに置くかって話だけど」

ここにいるメンバーの中で、俺・川木ペアがダブルス1、山本・澤登ペアがダブルス2なので、ダブルスに出るのはこのうちのどちらかになる。重要なのは川木のポジションだ。単複重複不可なので、川木がダブルスに出てしまうとシングルスには出られない。

「まあ、それはほぼ決まりじゃないっすか」

澤登が言った。

「川木先輩はシングルスでしょ。都内だったら負ける相手ほぼいないんだから」

「ですね。最近調子良さそうですし」

白石も同意する。

だろうな、と俺も思った。そして同時に、胸が少しだけちくりとした。後輩二人の発言は、川木がシングルスの方が勝てると思っている。それはつまり、ダブルスでは俺が足を引っ張っていると言っているのと同じだ。澤登にも白石にもその自覚はないだろうが。

「徹は？」

山本が俺に話を振った。ちらりと川木の方を見ると、腕を組んで窓の方を向いている。

「まあ……川木にはシングルスで確実に一勝あげてもらった方がいいんじゃないの」

少し卑屈に響いただろうか。山本はそのニュアンスを敏感に感じ取ったようだった。

「確実に勝てるやつなんかいるかよ。俺はこいつの試合、見てて結構ハラハラするぞ。ダブルスの方が徹が手綱握ってるから安心感ある」

俺は目を瞬いた。自分はいつから川木の手綱を握っていることになったのだろう。

「まあエースをダブルスに置いてくるとこは少ないから、逆に一勝取りやすいかもしれないですね」と、白石。

「でも俺的には、やっぱり川木先輩にはシングルスでエース対決してほしいです。そして熱い対決を制してほしい！」と、澤登。

「戦略関係ねえじゃん」

山本が投げやりにつっこんだ。俺はもう一度川木の方を見る。するといつのまにか川木も俺の方を見ていて、目が合った。そして川木が、唐突に手を上げる。

「……あのさ」

ずっと黙っていた当事者が口を開いたので、他の三人の目が一斉にそっちを向いた。

「俺はダブルスで出たい」

川木はまっすぐに山本を見て言った。

俺は驚いて川木の横顔を見た。澤登と白石も意外そうな顔で川木を見ていた。山本だけが、あまり驚いていないように見えた。前にも似たようなことは一度あった。そう、川木が俺と組みたいと言った、去年の夏のことだ。

「理由は？」

と山本が川木に訊ねた。

「おまえが言ったよ。ダブルスの方が安定する」

「自分のシングルスの戦績わかってんのか。おまえの思い出作りに付き合うつもりはねえぞ」

「ダブルスの戦績が悪い覚えもないね」

川木はしれっと言った。山本が俺の方を見た。

「徹は？」

「え？　ああ……まあ……」

「大丈夫だろ、徹」

川木は何かを確信しているような目に見えた。いったいその目には何が見えているのだろう。俺には何も見えていない。俺にわかっているのは、今回も川木が華麗にボレーを決めるのを自分は後ろから見ているだけだということだ。

何か言うべきだろうか。

——俺はシングルスで出たい。

そう思っている自分は確かにいる。川木とのダブルスは嫌だ。そもそも自分がダブルスに向いていると思ったこともない。だけど川木の目には有無を言わさぬ光が宿っている……。

迷っているうちに山本が決を採ってしまい、団体戦のダブルスは川木・石島ペアを基本とすることが決まった。

ミーティングの後で、山本に捕まった。

「徹さ、おまえ、本当はどう思ってんだよ」

俺は視線を泳がせる。

「どうって……」

階段の踊り場には茜色(あかねいろ)の光が差し込んでいる。開けっ放しの廊下の窓から、運動部のかけ声が聞こえてくる。今頃レギュラー以外の部員は練習をしているはずで、先に教室を出ていった川木や澤登や白石もそれに合流している頃だ。川木はきっと、ダブルス練習をしたがるだろう。

「決まったことには従うよ」

そう答えると、山本がため息をついた。

「おまえはどう思ってんのか、って訊いてるんだぜ」

「だから、俺は別に。山本こそ、どう思ってるのさ」

俺は山本を見返す。

「最近川木と普通にしゃべってないじゃん。あいつが海外行くって話聞いてからずっとさ」

「ムカついてるからな」

山本が悪びれもせず言うものだから、笑ってしまう。

「昨日今日の話じゃねえだろ。なんでいきなり言うんだよ。三年目のインハイだぞ。個人はともかく、団体戦だってあるんだ。都立対抗だって……」

「まあ、言いづらかったのかもよ」

「言いづらいってガラかよ。口下手でもあるまいに」

山本はふんふん鼻を鳴らした。

「別にオレに相談しろとは言わねえけどさ。徹とか高瀬とか、日々乃とか浅井とかさ、言う相手いんじゃん。あいつ絶対一人で決めたぜ。勝手だっつーの」

山本は鼻息荒くそう言うけれど、正直プロになるとかどうとか、そんなことを相談されたって俺は何も言えなかったと思う。それはきっと、高瀬や日々乃や浅井にしたって同じだろう。

「……別次元過ぎなんだよ」

ぽつりと本音がこぼれた。山本が立ち止まった。

「川木が？」

俺も立ち止まる。

「自分が平凡だってこと、嫌ってほど思い知らされる……まあ、今さらだけど」

反発するかと思ったのに、山本は静かな表情だった。

「オレは、あいつ見てると、焦る」

俺は意外に思った。

「焦る？」

山本はぎょろりと見開いた目をこっちに向ける。

「焦らねえ？　あんなふうにずばっと進路決めちまって……選択肢は一個しかねえ、みたいなさ。なんかズリィっつーか。こっちは逆に色々選べるだけに悩んでんのに」

「……どれを選んだところで代わり映えしないけどな」

頭の中をやつれた兄の顔がよぎったせいでこぼれた卑屈なぼやきは、たぶん山本には聞こえなかった。

職員室に着いて、失礼しまーすと声をかけながら中に入ると、先客の女子生徒と目が合った。制服の上から、テニス部のウインドブレーカーを羽織っている。

「あれ、なにしてんの？」

浅井だった。

「そっちこそ、マネージャーがこんなとこで何してんだよ」

「北沢先生に用があったの。山本は練習いかないの？　さっき裕吾たちがコートに飛び出していったけど」

「鍵返しにきただけ」

山本は答えてボードのフックに鍵をかけ、貸出票にぶら下がっているボールペンを手に取る。

「結局誰がダブルス出ることになったの？」

浅井が俺に訊いた。俺は黙って自分を指差した。

「あれ、あいつシングルス出ないんだ」

浅井の二つ結びがぽんと跳ねる。やはり、浅井の目から見ても意外らしい。

「まあでも石島くんとダブルスで出るなら安心っちゃ安心かも」

俺は浅井をまじまじと見た。

「マネさんまでそんなことを言う……」

「え、なに？」

「いや……」

そういえば、と俺は思い出す。

「マネさんは、知ってるんだっけ？」

「ああ……テニス馬鹿が、もっとテニス馬鹿になるって話？」

浅井の顔は、はっきりと曇った。

「私よくわかんないんだけどさ、あれって高校終わってからじゃだめなの？」

「さあ……どうだろ」

俺も詳しいことはよくわからないのだ。

「なんかすごいいきなりでさ、まだ全然実感湧かないいんだよね。夏にはあいつがいなくなるって……」

浅井は笑っていたけれど、無理して笑っているのがわかって、俺は何も言えなくなる。

ちょうど山本が貸出票の記入を終えて、俺を振り返ったので救われた。

「さて、俺たちも練習いこうぜ」

コートの上で待つ川木を想像して、少し憂鬱(ゆううつ)な気持ちになりながら、俺は浅くうなずいた。

もやもやしているとき、本屋に立ち寄る癖がある。癖、というか、ルーティンワーク。昔から本屋は気持ちが落ち着く。古本屋でもかまわない。図書館もいい。本に囲まれた空間がシンプルに好きだ。ああいう場所は、思考を整理するのに向いている気がする。練習の後に寄るのは、駅前のブックオフが圧倒的に多いけど、今日は新刊にも目を通したくて書店の方に顔を出した。

ぶらぶらと棚と棚の間をぶらつく。通路が狭くて、背負ったラケットバッグが当たらないように少し気を遣う。時折足を止めて、気になった本を手に取る。ミーティング後の練習の風景が脳裏にフラッシュバックして、ちっとも中身が頭に入ってこない。川木が決める鮮やかなアングルボレー、目を見張るようなサービスエース、大したことねえよ、みたいな平然とした顔、

「ちっ」

舌打ちはこぢんまりとした通路に思いのほか大きく響き、身を竦めてその場から離れる。

ふと、一つのタイトルが目についた。棚差しにされている四六判サイズの単行本。『自分らしさを見つけよう！』。その隣は『個性を磨け！』『ユニークな人であるために』『本当の自分はここにいる』……。

馬鹿馬鹿しい、と思いつつ、一冊目を手に取った。一ページ読む。ページをめくる。

二ページ読む。三ページ読む。ページをめくる。四ページ……。

しばらく文字を追っていると、「すみません」声をかけられてはっとした。子連れの母親が困ったように指差した。

「後ろ、通りたいんですが……」

「あっ、すみません」

通路に立ち止まって立ち読みしていたせいで、背中のラケットバッグが道を塞いでいたのだ。俺は慌ててバッグを下ろして自分の足下に置き、道を空けた。

あらためて手元に目を落とすと、いつのまにか五十ページ以上めくっていた。頭を振って、俺はその本を棚に戻した。

それから雑誌コーナーを少し冷やかして、テニスの雑誌をぱらぱらと眺めた。

「ダブルス特集……」

・息の合ったダブルスとは?

・練習で深めるペアの絆 ～ラリーとは対話である～

・コンビネーション炸裂!

また舌打ちしそうになるのはなぜなんだろう。今日は本屋にいてもちっとも気が休まらない。

そういえば、今月号はまだ買ってなかったなと思ってそのままレジへ持っていった。

別に部のルールではないけど、毎月テニス雑誌を買って部室に置いておくのは、なんとなく自分が副部長になってから続けていることだった。たまに部員が読んで技術的な議論になったり、山本が練習メニューの参考にしたりしている。

しかしそんなことをしたところで、いったいなんになるのだろう。副部長として仕事してますアピールみたいでなんだか虚しい気さえしてくる。

ひんやりとした夜気に満ちた町へ繰り出しながら、会社での兄もこんな気持ちなのかとぼんやり思った。

四月の半ばを過ぎた今、川木の海外行きの話はすでに概ね部員全員に行き渡っている。三年から二年へ、二年から一年へ……後輩は納得というか、川木の決断を応援しているようだったけれど、俺の見る限り三年には応援する気がないやつが四人いる（俺も含めると五人か）。最初から憤っている山本、平然と話は聞いていたけどなにやら不満げな高瀬、寂しそうな浅井、妙に僻みっぽかった日々乃……川木と親しい人間ほど応援していないのは皮肉だなと思う。まあ人のことは言えない。俺は別に親しくもないけれど。

川木だって気づいているだろう。そりゃあ上っ面だけでも応援する雰囲気で送り出してやるのがいいんだろうけど、自分の気持ちに嘘がつけなそうなやつばっかりで、こればかりは難しそうだった。

＊

いつだったかテニスを始めたばかりの頃に、コーチに教わった言葉がある。下を向くな、だったかもしれない。

テニスはメンタルスポーツだ。個人競技であるがゆえに孤独な戦いを強いられ、思うようにいかないプレーへの苛立ち、得点差への焦りなどを自制できない選手は必ず自滅する。

——下を見るな。

人は精神的にショックを受けたとき、下を向きがちになる。自信喪失、意気消沈……これは心理学的な傾向として、自分のことが恥ずかしくなって他人と目を合わせたくなくなるから、らしい。要するに萎縮するのだ。だからコーチは前を向けとよく言っていた。ポイントを失ったときほど前を向け。ポイントをとったら上を向け。テニスで下を見る必要がある瞬間なんてない。それを癖にしとけば、メンタルが崩れにくくなるから、と。

その言葉は妙に頭に残っていて、なんとなく実践しているうちコーチの言う通り癖になり、試合中は下を見ないようになった。誰にも気づかれたことはないし、自分でも効果が出ているかは怪しいが——練習通りの力を出すためのルーティンとして、高校に上がってからの試合でも欠かしたことはない。


インターハイ個人戦、ダブルス、第一週。

その日、俺たちは苦しい試合をしていた。

ゲームスコアは3－5。ポイントは崖っぷちの30－40。川木のサービスゲームでアドバンテージサイド、サーバーに最もプレッシャーがかかる場面でコートには少し強い春風が吹いている。すっかり散ってしまった桜の花びらがコートの片隅に溜まっていて、すでに茶色く干からびつつあるそれは風が吹くたびにころころとオムニの上を転がっていく。

相手は都内ではそこそこ名を知られた私立の強豪校で、相手のペアはそれぞれをシングルスで相手するなら川木をどうこうできるレベルではないが、俺が勝つのは厳しいかもしれない。ストロークが安定していてクロスラリーに強く、連携もよく取れていてペアの雰囲気がいい。たぶん川木のことを知っていて、なるべく俺の方にボールを集めるように立ち回っている節があり、

——鋭い打球音。

ぐるぐると巡らせていた思考は断ち切られる。

セカンドとは思えない強気なセカンドサーブがサイドラインいっぱいに弾み、相手が苦しそうにバックハンドで返す。

チャンスボールだ。

俺はポーチに飛び出した。

少し焦った。

あまり当たりがよくないことが自分でもわかる。

前衛の反応がよくて、拾われた。

ボールは相手前衛の足元に弾む。

頭上を越えるボールに「チェンジ！」と川木が叫ぶ。

川木と相手の後衛でストレートラリーの展開、俺はセンター寄りにポジションを詰める。川木のボールがガンガン深く入って、相手のボールが徐々に浅くなっていく。

二球前で出れたな、と思いながら俺は再びポーチに出た。

強めに叩いたボレーを相手の前衛がダイレクトで返す。こいつもタッチがいい。微妙に浮いたボールは一歩出遅れてスマッシュでは届かず、「頼む」と声を出そうとしたところで、

「頭下げろ徹！」

とっさにしゃがんだ俺の頭のてっぺんをボールが掠めていった。

見送った弾道で川木がドライブボレーを打ったのだとわかった。直前まで突っ立っていた俺のせいでボールのコースが予測できなかったか、相手はコートのど真ん中を綺麗に抜けていくボールを呆然と見送る。デュースだ。

「あそこで打つかよ」

コートの外からそんなぼやきが聞こえた。

「ナイスポーチ。ナイスしゃがみ」

川木がにやりと笑って俺の頭を指差した。

「掠った？」

「掠ってたら相手のポイントだ」

「あ、そうだっけ？　まあ掠ってないよな」

掠った気もしたが、たぶん避けたということにしておく。

「次、一本な」

川木が手を掲げた。半ば機械的に重ねたハイタッチは、やはり俺の耳には虚しい音に響いた。

今のは俺が最初のポーチで決めていれば、そもそも川木がリスクの高いドライブボレーを打つ必要なんてなかったのだ。川木が前衛なら決めていた。山本や澤登でも決めただろう。

川木に余計なボールを打たせた、という気持ちがいつになく強く心を締め付けた。今日はこんなポイントばっかりだ。自分が決め損ねても、川木が決めてくれる。自分は後衛でろくにチャンスメイクできていないのに、川木は前衛でしっかりポイントを取ってくれる。そうだ。いつもそうだ。将来を有望視され、他県でもマークされ、名を知られる川木裕吾が、どうしてあんなのと組んでいるんだ？　ときっと周囲は思っているだろう。

ギャラリーの視線が痛いと感じた。いつになく痛いと感じた。俺はなぜここにいるんだろう。今のポーチを決められない俺に、このダブルスにおいていったいなんの価値があるんだろう。

なぜ今、あの疲れ切った兄の顔を思い出すんだろう。

十近く歳の離れた兄は、いつだって自分ができないことをあっさりやってのける存在だった。まだ自分が幼かった頃、リフティング百回をなんでもないことのようにやって見せた兄。高校に上がって、いつだって友人に囲まれていたという兄。就活を始めてすぐに、優良企業にあっさり内定をもらった兄。自分がかつての兄の年齢に追いついても、それは年齢しか追いつけていない。俺は何一つ、かつての兄を超えることはできていない。

俺は兄みたいにはなれない。

それはいつしか諦めて、受け入れた。兄はすごい人だから、しょうがないんだと言い聞かせて、それで納得したのだ。

だけど、その遥か上を行くやつがいる。

ほんの一部の非凡な才能からすれば、あの兄ですら平凡の類だというのか。

そんなの、じゃあ、俺はいったいなんなんだよ。

今俺がここにいる意味って、いったいなんなんだよ。

長らく燻ぶらせてきた気持ちが、今日はやけに主張する。

なあ、川木。

おまえは俺なんかと組んでて楽しいのか。

もっと上手いやつと組みたいんじゃないのか。

今のポーチを決めてくれるパートナーと組みたいんじゃないのか。

なんだって俺なんかと組んでんだよ。

意味なんかないんだろ。

本当は俺じゃなくたっていいんだろ。

俺はおまえと組むの、嫌だよ。

苦痛なんだよ。

住んでる世界が違い過ぎるんだよ。

わかってんだろ。

誰よりもおまえが、わかってるはずなんだ。

これからもっと強くなるんだよな。

プロになるんだよな。

なら、行けよ。

フロリダでもどこでも行っちまえよ。

さっさと消えてくれよ。

俺の前から、いなくなってくれよ。

川木がサーブを打つ。センターへの鋭角フラットは綺麗にサービスエースになり、俺はなぜだか泣きそうになる。

「ナイスサーブ川木！」

「川木先輩ナイス！」

誰かが応援にきている。川木の名前ばかりが聞こえる。

「徹？」

気がつくと川木が目の前に立って手を掲げていた。

ついつい下を向きそうになって、俺は意地のように前を見た。

「ナイスサーブ。でもこのゲーム、センターがちょっと多いな」

俺はときどき川木のプレーにコメントする。せいぜいの嫌味だ。そのニュアンスは伝わらないだろうが。

「そうか？　わかった。次ワイドな」

川木は真剣にうなずいた。その真剣さが、なんだか胸に痛い。

＊

ゴールデンウィークが過ぎて、インハイ予選が終了した。川木はシングルスで準優勝だった。つまり、東京二位。当然、インハイ出場だ（海外へ行くから辞退するのだろうが）。ダブルスは東京ベスト24で、インハイには届かなかった。

その翌週、俺は三年になってから初めて朝練を休んだ。東京ベスト24はすごい結果だ。でも、たぶん俺がペアじゃなかったら、川木はもっと上へ行けただろう。結局のところ、すべては川木の力だった。自分の努力が馬鹿みたいに思えた。俺はなんのために朝練に出ていたんだろう。毎日馬鹿みたいにサーブを打って、でも試合じゃサービスエースなんて一本も取れやしないのに、朝練に出てこない川木はばんばんポイントを叩き出す。

あほらしい。

別にダブルスのために練習していたわけじゃなかった。俺はもともとシングルスが好きで、個人競技としてのテニスが好きで、ダブルスはどうにも苦手で、なんなら団体戦も苦手で……自分勝手だとはわかっていても、俺はたぶんチームのためとか、みんなの勝利とか、そういうことには興味がないのだろう。

昼休みになって、山本が教室にきた。

「あれ？　徹いるじゃん」

「いるけど……」

「朝練来なかったから休みかと思った」

「俺は朝練のために学校来てるわけじゃないんだけど」

苦笑いすると、山本が真顔のまま、

「今朝、川木が来てさ。ダブルス練したいって。でも徹が来ねーから、あいつ結局延々とサーブ打ってたぜ」

「川木が……」

高瀬のようにまったく来ないわけじゃないが、それでも川木が朝練に来るのはかなり稀だ。

「先週の試合で徹に迷惑かけたって、珍しく神妙だったな」

「迷惑？」

俺は苛立ちを隠しきれなかった。

迷惑ってなんだ。

迷惑ってなんだよ。

おまえのおかげで、俺はベスト24だったんだよ。

俺のせいで、おまえはベスト24だったんだよ。

わかってんだろ。川木が一番、わかってんだろ。

ダメなのは俺なんだよ。俺が足引っ張ってんだよ。練習しなきゃいけなかったのは俺なんだよ。でも勝手にへこんで自分の存在意義に悩んで朝練出なかったのも俺なんだよ。

おまえじゃねえよ。

「徹？」

突然立ち上がった俺に、山本が首を傾げた。俺は答えず、駆け足で教室を飛び出した。

うちは昼練は禁止だ。コートは解放されているので出入りはできるが、打っていると職員室から丸見えなのですぐに怒られる。校庭でサッカーをしていても許されるのにそれはおかしい、と山本が顧問の北沢先生に訴えたことがあったが、そもそも顧問自体を面倒がっている北沢をして暖簾に腕押しだった(仮に昼休み中に怪我をされたりすると面倒らしいとかなんとか)。だから昼休みのテニスコートは、基本的にがらんとしている。

そのテニスコートで川木を見かけた、というのは日々乃に聞いた。

「なんか一人でうろうろしてたよ。最初不審者かと思った」

フェンスの防風ネット越しにコートを覗き込むと、確かに川木がうろうろしている。ベースライン付近で、何かを確かめるように指を差したり、歩幅をはかったりしている。

「なにしてんだよ」

思わず声をかけると、肩をびくつかせて川木が振り返った。

「なんだ、徹か」

それから急に顔をしかめ、

「なんで今日朝練来ないんだよー」

「朝練は自由参加だろ」

「徹は皆勤賞だろ」

「休みたいときだってあるさ」

「休むんなら言えよ」

「だから、自由参加だって」

「徹が休むとか思わねーだろ、普通。おかげで無駄に早く来ちゃったじゃん」

「サーブ練したんだろ？」

「俺が練習したかったのはサーブじゃねえの！　雁行陣でストレートになったときのパターン練習したかったのに」

　確かに俺も川木もクロスラリーが得意なので、ストレートラリーになったときの展開は少しまごついているかもしれない。それならそうと言えばいいのに。川木の方こそ、来るんなら言えという感じ……そこまで考えて、ふと思う。言われていたら、俺は果たして今日、朝練に来たのだろうか。

「……で、今はなにしてるんだ」

　もう一度訊くと、川木は「イメトレ」と短く答えた。イメトレ。高校テニスレベルでイメージトレーニングなんか効果があるのかと思ってしまうが、川木ほどの選手にはきっと重要なことなんだろう。

「こないだのダブルスはあまりよくなかった。ワリィ」

　俺は目を剝いた。

「川木が謝ることじゃない」

「いや、俺の立ち回りがよくなかった」

「川木はよかったよ。サーブとか、すげえ決まってたし……」

「全然。サービスエースなんかどうでもいい」

サービスエースなんかどうでもいい。

その言葉を本心から口にできるやつが、どれほど少ないか。

「……なにが気に入らなかったんだよ」

やや険のある口調になったが、川木は気づかなかったようだった。

「あんまりカバーとかできてなかった」

俺は苛立った。それはそもそも、俺が川木にカバーさせるようなことをしていたから。

「俺が悪いやつだろ、それ」

「いや、徹はいつも通りだったよ」

川木は平然と言った。その瞬間、俺の中で何かが壊れた。

「いつも通りってなんだ。いつも通り足手まといだったか？」

気がつくとそんな言葉が口を飛び出していた。言ってしまってから、「言ってしまった」と思ったがもう手遅れだ。

でも、川木は思ったほどには表情を変えなかった。それにますます苛立って、口が勝手に動いてしまう。

「こないだの試合だって、それまでの試合だって、ポイント多く取るのはいつだって川木だろ。俺が取りこぼしたポイントも全部川木が拾ってくれるじゃないか。ベスト24に入れたのだって川木が強かったからだ。俺が何かしたわけじゃない」

川木が何かを言おうとしたので、機先を制してまくし立てた。

「ストレートのパターンだって、川木は前でも後ろでもちゃんとしてた。ポーチに出るタイミングが遅かったり、決めきれなかったり、ラリーに打ち負けて相手にチャンボあげてるのは俺だ。俺が悪いんだよ。いつもそうだ。いつもそうなんだよ。ずっと思ってたさ。川木は強すぎるんだ。俺なんかと組んだところで実力差がありすぎて、俺の方ばっか狙われて足引っ張るんだよ。勝てば川木のおかげだと思うし、負けたら俺のせいだと思うんだ。ずっとそうだった。はっきり言って俺はダブルス嫌いだったし、川木と組むのも苦痛だった。自分が惨めでしんどいんだよ！」

最後の言葉を吐き出すとき、俺は下を向いていた。別にいい。今は試合中じゃない。前を見る必要なんてないんだ。

「……団体戦は、ダブルスやめようぜ。俺から山本に話す」

俺はぽつりとつぶやいた。

沈黙が降りると、昼休みの喧噪（けんそう）がうっすらと校舎の窓や、校庭の方から聞こえてくる。テニスコートは校舎を挟んで校庭の反対側にあるので、昼休みにこっちの方にくる人は少なくて、なんだか別世界のように感じる。コートの上に、俺と川木だけ。だけど、俺は一人だ。ここには俺しかいない。川木は別次元の存在だ。同じコートの上に立っていても、川木は俺と同じ土俵でテニスをしていたことなんて、一度だってないのだ。

でも、どうせあと数ヶ月待てば川木はいなくなる。今揉める必要なんてなかったのに、言ってしまった自分にちくちくと後悔が込み上げてきたとき、

「嫌だ」

川木の声は小さかったが、やけに大きくコートに響いて、俺は顔を上げた。

川木の真顔がそこにあった。

テニスをしているときだけに見せる、ぎらぎらとした夏の日差しのようなまなざし。

「話聞いてたのか？」

「聞いてたけど納得はしてねえ」

「納得なんか求めてねえよ。どうせ川木にはわからない」

「俺は勝ったとき徹のおかげだと思うし、負けたら自分のせいだと思ってる」

俺は言葉を失いかけた。

かろうじて言い返した。

「真似すんな」

「マジなんだな、これが」

いつぞや聞いた口調で川木は笑う。なぜ笑うのだろう。俺は今度こそ言葉を失う。

「なあ徹。俺はおまえが思ってくれてるほどすげえ選手じゃねえよ」

コートの隅っこに落ちているボールを見つけて、川木が小走りに拾いにいく。拾ったボールをくるくると手の中で転がしてから俺に向かって投げる。俺がひょいと避けると「避けんなよッ」と怒鳴る。

「すぐ調子崩すし、調子崩れたら戻らねーし、朝練は気分乗らなきゃ出ねーし、ラリー長くなるとついつい一発エースに頼っちまうし、でもミスるし」

言いながら川木は、俺が避けたボールを拾いにいった。一人で「取ってこい」をやっている犬みたいだ。

「それでも川木は、インハイに出てる。それだけの力がある。海外にだって呼ばれてる。それだけ認められてるってことだろ。誰でもいいわけじゃない。それは、川木じゃなきゃダメってことだろ」

俺は淡々と事実を述べる。川木がもう一度ボールを投げる。俺は避ける。

「この世界には、調子崩さないし、調子崩しても自力で戻せるし、朝練は毎日出るし、ラリー長くなっても根気強くチャンス待つし、決め所はきちんとエース決めるようなやつが、いるんだよ」

川木が言いながら、またボールを拾いにいった。なにをしているんだ、こいつは。

「そんな化け物みたいなやつ、いねえよ」

俺が言うと、川木は笑った。

「おまえのことだよ、徹」

ぽーん、とボールが放られて、無意識に手を伸ばしていたようだった。ぽすっと手の中に収まったボールを見て、川木を見た。

「……は？」

「だから、徹のことだって」

もう一度言って、川木は空を見上げた。

ついこないだまで桜の花びらが舞っていたはずの空は、一層青さを増して、初夏の気配を漂わせている。風が吹いて、鼻孔をくすぐる。薬を飲んだはずの鼻がむずがゆい。

くしゃみを一つした。川木が笑った。

「一年の頃からずっと、すげーなあって思ってた。入部した最初の頃ってさ、一年は全然打たせてもらえなくて外周とかめっちゃ走らされるじゃん。追い越し走とか俺すげえキツくってさ」

追い越し走というのは、部員が一列になって一定の速度で走りながら、一番後ろの人が列の一番先頭まで走って先頭者になる、というのを延々繰り返すランニングだ。ただ走り続けるのと比べて加減速を繰り返すので負担が大きく、体力のないやつはそのうち追い越せなくなって列から脱落していく。

「翼がスタミナ馬鹿だろ。あいつが先頭になるとなんかペース上がって追い越すのほんとしんどいんだよ。絶対嫌がらせしてんだぜ」

確かに山本は強かった。追い越し走で脱落したことがないのは山本と、それから、

「でも徹だけは、いつも山本に食らいついていってたからな」

……そう。最後にはいつも、俺と山本が二人で追い越し走するという地獄絵図になっていたっけ。

「最初はなんか弱っちそうだなと思ってた。でも徹は朝練は絶対毎日最初に出てるし、練習中もすげえ真面目だし、冷静だし、どんどん上手くなるし、プレーは丁寧でミスもないし、決め所は絶対ミスんねえし」

俺はだんだん居心地が悪くなってきて、遮ろうと思った。でもそのとき、川木が言ったのだ。

「なにより徹は、下を見ないから」

——下を見るな。

コーチに言われた言葉。自分の中に刻まれている信念。

誰にも気づかれていないと思っていた。ましてや自分のことなんか、まるで眼中にないだろうと思っていた川木なんかに。

ずっと見ていたのだろうか。

俺が川木の背中を見続けたように。

その背中は振り返らないと思っていた。

俺のことなんか見ていないのだと思っていた。

同じ場所にはいないのだと思っていた。

――でも。

「おまえが前見てるから、俺も下見ないようにしようって思うんだぜ。おまえが背中見てるって思うと、なんか背筋が伸びるんだ。だからダブルスの方が安定してるんだよ。おまえが同じコートにいるだけで、すげえ助けられてるんだ」

「そんな精神論……」

苦し紛れの反論は、自分でも無意味だとわかっていた。なぜなら、

「テニスはメンタルスポーツだからな」

川木はにやっと笑う。

そうだ。

そしてダブルスにおいて選手の精神は、二つで一つだ。

当たり前のようで、わかっていなかったこと。

「ダブルスパートナー、誰だってよかったわけじゃねえよ」

ぼそりと、川木はそう言って、遠くを見る目になった。

「なあ徹、おまえはずっと前見ててくれよ。俺がアメリカ行っても、どこにいても、俺の背中ちゃんと見ててくれよ」

その目に何が映っているのか、その日、俺はようやく少しだけわかったような気がする。

*

「これから出勤？」

インターハイ団体戦予選、初日の朝、リビングへ降りるとスーツ姿の兄がいた。対する俺はウインドブレーカーを羽織っているので、試合だとわかったらしい。

「そっちはインターハイ？」

朝だというのに、兄の顔には疲れがにじんでいる。そういうふうに見えてしまうだけかもしれないが、事実疲れてはいるはずだ。

「団体の予選」

俺がうなずくと、兄の顔が少しほころんだ。

「最後の青春か」

最後。確かに高校三年のインターハイは、人生最後のインターハイだ。少なくとも、選手としては。俺にその実感は、いまいちないけれど。

珍しく、そのまま一緒に朝食を食べた。平日は朝練の都合でだいたい俺の方が早いし、そもそも兄は朝食を食べないことが多い。兄が高校生の頃、俺は小学生だった。あの頃兄は、どんなことを思っていたのだろう。

「……兄貴はさ」

口にしかけてから、何を訊きたいのかよくわからなくなる。

「自分の努力が虚しくなるくらいすげえやつに会ったことある？」

結局変な質問になった。兄は一瞬ぽけっとしてから、

「天才ってやつか？　まあ、どの世界にでもいるよな……」

牛乳をちびちび舐めるみたいにしながら、ぼんやりした目になる。

「社会に出てからも何度か見たよ。まあ、笑うしかなかったな。次元が違いすぎてさ。比べんのもおこがましいっつーか、疲れるよな」

「……ウン」

社会人になってから、兄はよく苦笑いをするようになった。それはなんとなく、何かを諦めたような目に見える。先に食べ終えた食器を片付けようと腰を上げかけた俺に、兄が追いかけるように付け加えた。

「でもまあ、味方だと心強い」

俺は思わず兄を見る。それから、ふっと笑ってしまう。

「確かに」

それだけは、間違いない。

「最近高校の友だちと会った？」

家を出るとき、兄が見送ってくれたので、もう一つだけ質問を重ねた。

「いや？」

だからなに？　というニュアンスも含んだその返答に、俺はこう返す。

「会ってみたら」

「なんで」

「……なんとなく」

兄は意味がわからないという顔をした。俺もなぜそんなことを言ったのかはよくわからない。ただなんとなく、あの頃の兄はきっと、周囲からすげえやつと思われていただろうし、ひょっとしたら今だってそう思われているかもしれないと思っただけだ。

快晴になった。すでに五月、季節は初夏。ひと月ほど前、花が満開だった桜にはいつのまにか葉が繁り、新緑が目にまぶしかった。

ミーティングで決めた通り、初戦のダブルスのオーダーは俺と川木だった。シングルスには山本と澤登が出る。オーダーについては一応試合前に確認があった(試合前に決められる)が、俺も川木も何も言わなかった。最終的に山本が最終決定を下し、提出した。

円陣を組んで、山本が声をかける。腹の底から声出せよ、と山本に言われ、試合に出ない一・二年もどら声を張り上げた。隣の川木の声も聞こえた。普段声出しをめんどくさがる川木にしては、でかい声だった。自分の声は、聞いていなかった。

試合順はダブルス、シングルス1、シングルス2なので、俺と川木が最初にコートに入る。

「徹」

試合前に、川木が俺の名を呼んだ。

「勝つぜ」

俺はその目に、少しはっとした。ゆっくりうなずく。

気がつくとコートに立っていて、ボールを握っていた。川木は前衛に立っている。

俺のサービスゲーム。

サーブを打つとき、ネットを見る。相手コートのどこへ打つかではなく、ネットのどこを通せばどこへ入るかを意識して普段練習しているからだ。

だからいつも、サーブを打つときに相手後衛のポジション以外、選手は目に入らない。

でも今日は、川木の背中が見えた。いつも物言わぬ背中。今日はそこから何かメッセージが飛んでくるように感じる。はっきり言葉がわかるわけじゃない。でも確かに、川木はこの試合に並々ならぬ熱情を持って臨んでいることを、俺ははっきりと感じた。

いつもそうだったのかもしれない。

川木は、思っていること、考えていることを、みなまで言わないようなところがある気がする。

だけど、その代わりのメッセージは、どこかに表れていたかもしれない。

俺がちゃんと見ていなかっただけなのかもしれない。

自分が後衛のときの川木は、ポイントの瞬間が見える。どうしても、その瞬間ばかりが印象に残る。

だから勝手に思い込んで、決めつけて、川木という存在を遠くへ追いやっていた。

実際、遠い。

でも今は、同じコートの上に立っている。
なぜだろう。
確かに同じ場所で、プレーをしていると思った。
俺はトスを上げる。
朝練で何度も練習したサーブ。
ネットの真ん中を通す、センターへのフラットサーブ。
川木ほどの角度も、威力もない。
プレースメントだけが俺の武器。
それでいい。
それさえあれば、どれだけラリーが続いても、最後は決めてくれる。
決めてくれる前衛がいることを、俺はずっと知っている。
サーブが相手コートに突き刺さった。
川木が動くのが、動く前からわかった。
ストレートへ走る。
相手が川木の動きを読んでストレートに打つのを読んだ俺は叫ぶ、
「チェンジ！」
川木は振り返らない。

動きに迷いはなく、俺はバックハンドでストレートへボールを持っていく。

ストレートのラリー。

川木が練習したがっていた、苦手なパターン。

──強気にな。半面でもコート広く使えるのが徹のいいところだから。

いつか言われたことを思い出す。

コートを広く使え。

ストレートラリーでも、クロスは打てる。

角度はつけられる。

相手を走らせろ。

スペースを作れ。

後衛の仕事はチャンスメイクだ。

今までは相手ばかりを見ていた。

俺は川木の背中を見る。

川木は前を向いている。

川木は前を向いていた。

その目に、スローモーションのようにボールの軌道が映っているのが、俺にはわかった。

相手前衛のポジションが下がり気味なのを見て、俺はセンター寄りに少しリスクのあるボールを放った。

川木がそれを見てすぐさまポジションを上げてプレッシャーをかけにいく。

俺が打って、川木が動く。

当たり前のようで、でもそれって実は、すごいことだったのかもしれない。

俺にしか打てないボール。

きっとそんなものはない。

だけど川木は、俺のボールだから信じてくれるのかもしれない。

相手の後衛は上しか打つところがない。

ロブが上がった。

かなり深い。これは一度落とすか……と思ったが、

「オーライ」

川木が言った瞬間、勝ったと確信した。

勝った。このポイントは獲った。

今、ここにいる俺だからわかるんだと思った。

この信頼は昨日今日の話じゃない。

誰よりもこいつの背中を見てきた。

すごいやつなのはみんな知っている。でも俺はほんの少しだけ、川木がすごくないことも知っている。

だから俺たちは同じコートに立っている。同じコートで、互いのボールに信頼を乗せて、背中を預け合っている。

それは、誰にでも預けられるわけじゃない。

俺だ。

俺が、ここにいるんだ。

ほかの誰でもない、俺自身だ。

川木がスマッシュを放った。かなり難しいスマッシュだったが、ボールは当たり前のようにコートを稲妻のごとく切り裂いた。

さっさと海外へ行っちまえ。

今でもそう思う。

でもそのニュアンスは、最初に思ったときと、だいぶ違っているかもしれない。

コートの外が湧いた。

「ナイススマッシュ川木！　ナイスラリー徹！」

声援の中で、川木が振り返った。

俺は前を見ていた。

黙って川木が掲げた手に、少しだけ迷ってから自分の右手を叩（たた）きつけた。
虚（むな）しい音は、もう聞こえない。

勝手に私に夢見るな

「川木、海外に呼ばれてるんだって。知ってた?」

私は志保の顔を見返した。

「海外って?」

「アメリカのテニスアカデミー。プロを育成してるようなところ」

「……へー」

そうコメントして梅のおにぎりに口をつけると、志保の真顔が崩れた。

「へーって……それだけ? 希里夏(きりか)、よく一緒に打ってるでしょ」

「いや、普通に初耳」

「ああ、そう」

志保はわざとらしく肩を持ち上げて、すとんと落とす。

「ちなみにそれ、誰に聞いたの?」

「香凜(かりん)」

私はぴくっと眉(まゆ)をひそめた。

「香凜は浅井さんから聞いたって言ってたかな」

「ああ……」

志保はお弁当箱からタコの形をしたウインナーをつまみ上げて、しかめっ面で宙にかざした。

「わたしさ、これ嫌いなんだよね……高校三年生にもなってタコさんウインナーってどうよ？」

志保のお弁当はいつも気合が入っている。毎朝お母さんが早起きして作っているんだろう。レタスのグリーンに、ミニトマトの赤、卵焼きは鮮やかに黄色くて、林檎のうさぎはちゃんと塩水につけてあるのか、茶色くなっていない。文句を言われているタコさんウインナーだって脚がちゃんと八本ある。今日は購買組の私からすれば、普通にうらやましい。

「あいつ、プロになるのかな」

志保が唐突に話を戻した。そうだ、川木の話をしていたんだった。

「テニスに専念するってことは、そういうことじゃないの」

「教室での姿見てるとそうは見えないよなァ」

志保が私の後方を顎でしゃくった。

振り返ると、件の川木がクラスの男子と一緒に昼ご飯を食べている。高瀬の姿もある。高瀬が何か言って、そのメンツがどっと笑うのが見えた。川木も大きく口を開けて笑っている。教室の中では、川木はそういう顔が目立つ男子だった。お調子者で、ふざけてばかりで、高瀬みたいな軽そうな男子とも気が合って……コートの上じゃ別人になることを知っているのは、同じ部活の人間くらいなんだろうなと思う。そして私はたぶん、その顔を少しだけ、他の部員より長く見てきたかもしれない。

そっか。あいつ、海外へ行くんだ。やっぱり私なんかとは、全然違うじゃない。

「ところであんた」

志保の声が微妙に低くなって、何を言われるのかわかった。嫌なタイミングだ。

「いつ香凜と仲直りすんの?」

私はそっぽを向いて、小さく唸る。

「別に喧嘩してない」

*

男子部にすごく上手い新入生がいる。

というのは私が入部した直後から女子部でも噂になっていたが、あまり興味が湧かなかった私が川木裕吾という選手のプレーを目の当たりにしたのは、それから少し後の六月のことになる。

「日々乃さん、この後時間ある？」

土曜日。午前練習の後に突然男子から声をかけられて、私はゆっくりと振り向いた。ひょろりと長い手足に、テニスをやっている割には、受験ブランクによる漂白を差し引いたとしても、色素の薄い肌。印象は柔和だった。何度かコート脇で見かけていたので、男子部の一年生だとわかる。

「えーと……」

「川木」

質問を先読みした自己紹介に、私は目を見張った。その名前はさすがに覚えていた。春先に女子部を賑わせていた、噂のスーパールーキー。こいつが？

「あの川木裕吾くん？」

「フルネームで呼ばれるとなんか照れるな」

へらっと笑うその表情をどこかで見たなと思ったら、高瀬だ。高瀬に似ている。すでに悪い意味で女子部に名を知られている、もうひとりの新入生。こいつもオフだとそういうタイプなんだろうか。

「私になにか用？」

問い返すと、川木は気にしたふうもなくにこりとした。

「あー、ごめん。はしょりすぎたな。日々乃さん、めっちゃフォーム綺麗だから、ちょっと一緒に打ってみたいと思ってさ。でも男女の練習は別だし打つチャンスないじゃん？　だからこの後時間あったら、市民体育館とこのコートで二時間くらいどーかなと思って。あ、コート代は出すよ」

私は目を丸くした。

川木裕吾と言えば、すでに男子部で部内三位の位置につけている化け物みたいな選手の名前だ。受験ブランクがなければ一位は確実と聞いている。噂に聞く限りではそのテニスはセンスの塊で、フォームには無駄がなくタッチは神懸かりサーブはレーザービーム、とにかく平凡な公立校のレベルを遥かに超えているという。

そんな川木が、私なんかのプレーを参考にしたい？

「……なんの冗談？」

目を眇めると、川木がまたゆるい笑みを浮かべた。

「真面目なんだけど」

「私なんかより上手い人、男子部にたくさんいるでしょ。っていうか川木くん自身が、私なんかよりずっと上手いでしょ」

私はスクール出身で、基本に忠実なことには自負があるが、自分のフォームがずば抜けて綺麗だとは思わないし、テニスが特別上手いとも思えない。

「んー……なんか上手く言えないんだけど」

川木が眉根に皺を寄せて難しい顔をするが、もともとがどこかゆるい顔なのでわざとらしく見えてしまう。

「今の俺に足りないものが、日々乃さんのテニスにある気がするんだよね」

「なにそれ」

私は鼻で笑ってしまう。そんな漫画みたいなこと、言うやつがいるとは思わなかったのだ。

けれどすぐに、その笑みは引っ込んだ。急に川木が真顔になって、別人のように威圧感を放った。

「いや、マジでさ」

それだけの言葉だったけれど、その目には異様にぎらぎらとした光がみなぎっていて、なんとなく逃げられないと感じた。

学校から歩いて十分もしないところに市民体育館があって、その脇にオムニコートが三面併設されている。一面二時間千円くらい。あるのは知っていたけれど、使うのは初めてだ。

コートに着くと川木はそそくさとラケットを取り出して、ぐるぐると肩を回し始めた。体が柔らかいようで、どっちの方向に体をひねってもぐにゃりと曲がる。横目に眺めながら私も体を伸ばすと、午前の練習で疲労のたまった筋肉が軽く悲鳴をあげた。昼ご飯も食べていないけれど、食べたらたぶんもう動けない。

しばらく体をほぐした後、川木がラケットとボールを持ってネットの向こうへ歩いていった。それを合図に、私もラケットを取り出してネットのところまでいく。

「なにするの？　ラリー？　ボレスト？」

「ラリー。クロスでいい？」

川木が言って、ボールを放った。

ショートラリーで軽く数球、すぐに後ろに下がって、クロスラリー。

フォームが綺麗、などと言われたが、私からしたら川木のフォームの方がよっぽど綺麗だ。力が抜けていて滑らか、ゆったりとしたテイクバックから振り出される腕は超加速してしなる。圧倒的なスイングスピード。はじき出されるボールは当然重い。まるでMAX設定の球出し機みたいだ。トップスピンの回転量がおかしい。サイドスピンも強いのか、ボールがやけに右に曲がってきて、返すのに苦労する。打点が遅れる。全面ラリーでもないのに、妙に疲れる。なんでこいつ、半面をこんなに広く使えるのか。

この距離からさすがに川木の表情は見えない。けれど淡々とボールを返すその姿に言いようのない圧力を感じた。ラリーで勝つビジョンが見えない。返すので精一杯になってしまって、打つ前に感じていた川木に対する不審や気味悪さはあっという間に頭の中から吹っ飛ぶ。

　最初のボールでしばらく続いたラリーは、私がネットにかけた。すぐさま次のボールを出そうとする川木を、手を上げて制止した。

「ごめん、タンマ」

　肩で息をしながら絞り出した声が驚くほど掠れていた。川木が気づいて、ネットまで寄ってきた。

「悪い」

　謝っているわりに、そういうふうには聞こえない。最初に感じた柔和な印象が、欠片も残っていない顔のせいか。練習でこれなら、試合中はどんな顔になるのだろう。テニスに対して真剣、というよりは、まるでテニスに取り憑かれているように見えた。それだけ練習してきたということだろうし、実際彼のテニスは十分に上手い。

「……本当に私なんかのフォーム、参考にしたいの？」

　川木は、やっぱり真剣な顔でうなずいた。

「フォアが見たい。あとサーブ」

「あんたのフォア、スピン系じゃない」

　私、というか女子のテニスはそんなにゴリゴリ回転をかけない（かけられない、というのが正しいか）。私と川木の球質ははっきり言って全然違う。お互いに、真似するものではない気がする。

「球質というよりスイングかな……いや、テイクバック……スタンス？」

川木がぶつぶつ言い出した。私はため息をついて、前髪をいじる。

「まあ……参考になるなら、いいけどさ」

それから二時間、私たちはみっちりテニスをした。濃い二時間だった。二人しかいないから、ほぼラリーだ。せっかく上手い人と打てるので、私も色々盗もうと思っていたが、後半はバテてしまってそれどころじゃなかった。部活の後だったから、というのもあったけど、大半は川木のせいだ。川木と打つのは、すごく疲れる。

練習の後、少し話をした。お互いにアドバイス……といっても私が川木に指摘できることはほとんどなかったし、川木は私にあまり意見しなかった。むしろ、私のフォームのどこがいいかを延々語っていた。正直、気持ち悪いと思ったし、変なやつだと思った。テニスが馬鹿みたいに好きなんだってことだけ、はっきりわかった。

駅まで一緒に歩いて、普通に手を振って別れた。私はそれが最後になると思っていたけれど、その思い込みが間違いであることにすぐ気づくことになる。

＊

「また朝練なの？」

朝、ウインドブレーカーを羽織って家を出ようとすると、母の少しひりついた声に背中を摑まれて、私はため息をついた。今年に入ってから、もう何度目だろう。

「うん」

「わかってるの？　今年は三年生なのよ。受験するんでしょう？」

「うん」

生返事をしながら、テニスシューズの靴紐をぎゅっと締める。そうしている間にも、母の声音は少しずつ高く耳障りになっていく。

「いつまでもテニスばかりしてないで、少しは勉強したらどうなの？」

「四月からそんながつがつやってる子いないよ」

「周りと比べないの。従妹の葉月ちゃんなんて、もう予備校いってるそうよ。あなたもそろそろ……」

「周りと比べてるじゃん」

私が言い返した言葉は聞こえなかったらしい。親っていつもそう。自分に都合のいいことばかり押しつけて、人の話なんかちっとも聞いちゃいない。

「何度も言っているけど、うちは私立は無理だからね」

ため息をつきたいのはこっちなのに、先に母がため息交じりに言ったので、私の苛立ちは最高潮に達した。

「わかってるってば!」

ほとんど怒鳴り返すようにして、ドアノブに手をかけた。「今日暖かいからマフラーいらないわよ」と母の声が追いかけてきたけど、ここで素直に従えるほど、十七歳の私は大人になれない。


午後一の授業は選択科目で、人によっては音楽だったり、美術だったりする。五時間目の終わりを告げるチャイムが鳴ると、私は美術室を一人後にして三年三組の教室へ向かった。最上階にある美術室から三年の教室がある三階のフロアまでは中央階段を使っても行けるし、美術室を出てすぐの西階段からでも行ける。私は四階の廊下を渡ってから、中央階段で降りることが多かった。その方が空いているというだけだけど、今日は職員室に用がある。

ところで、四階には音楽室もあって、音楽室へ行く生徒はもっぱら東階段を使うが、中央階段からでも行ける。

　中央階段へ近づいていくと、反対側からこちらに向かってくる川木の姿が見えて、私は足を止めた。あいつ、選択科目は音楽だっけ。一人なのは珍しい気がする。校内で見かけるときは、比較的友人に囲まれていることが多い。

　なんとなく引き返そうか考えているうちに、携帯を見ていた川木が顔を上げて、私に気づいた。

「おう」

「おはよ」

「もうこんにちはだろ」

　川木が笑う。私は肩をすくめる。別にいちいち正しい挨拶をしたいわけじゃない。

「なんか、機嫌悪そうだな」

　ちょっとぎくりとした。朝練のときに、石島にも少し嫌な感じでしゃべってしまった。今朝のお母さんとのアレをまだ引きずってるのかな、と思いながら無理やり笑ってみせる。

「別にそんなことないけど……」

「そ？　ならいいけど」

　タイミングがかぶってしまったので、一緒に階段を下りた。踊り場まで降りると、窓からちょうどテニスコートが見下ろせる。

自分で言っておいて呆れるほどに、祝福のこもっていない声だった。

「そういえば、オメデト」

半歩先を歩いていた川木が足を止めて振り返った。

「なにが？」

「海外に呼ばれたんでしょ」

事実は少し違うけれど、嘘でもない。

「あれ、誰から聞いた？」

「志保。志保は浅井さんから聞いたって言ってた」

川木は難しい顔をした。

「あー……綾に言ったっけな？」

川木が頭の後ろで手を組んだ。

「日々乃は、誰かにしゃべった？」

「ううん」

一ヶ月くらい前に聞いていたら、香凜に話したかもしれないけれど。

「日々乃とテニスできるのも、あと少しだな」

私は短く相槌を打つ。どっちにしたって、数ヶ月後、私たちは引退だ。遅いか早い
「……そうだね」

かの違いしかない気もする。

尻切れトンボな会話の続きを見つけられないまま、階段の下についてしまったので、私はくるりと右に曲がった。

「じゃあ、私職員室行くから」

「あ、日々乃」

呼び止められて振り向くと、川木はテニスの目になっていた。

「そんなわけだから今日の練習の後ちょっと打たね？」

誘われるのは、ひと月ぶりくらいか。

私は自分のスケジュールを思い返した。今日は特に用事もないはずだけど、少し迷う。

「……ウン。いいよ。じゃあ放課後」


「川木先輩が海外に行っちゃうって、本当なんですかねー」

後輩の浦沢茜がぽつりと言い出したその話題で、練習後の部室はにわかに盛り上がりを見せた。川木の海外行きは正式な発表があったわけではないけれど、男子部が微妙にぎくしゃくしているし、人伝に噂は広がりつつあるようだ。

「本当らしいよ。確か出発が七月だっけな、都立対抗戦には出れないって言ってたから」

女子部部長の香凜が、だるそうに着替えたスカートの中をクリアファイルで扇ぎながら答えた。部室の中だからって油断し過ぎだと思うけれど、誰もいちいち指摘はしない。

「え、じゃあインターハイもだめじゃないですか？　八月ですよね」

「まあ本戦まで勝ち上がったらそうなるね」

「絶対勝ちますよ、あの人」

茜は川木に憧れている。でも別に、川木ファンの彼女でなくとも、あいつのインターハイ出場確率が高いことを深くは疑わない。

「あれだけ上手かったら、テニス楽しくてしょうがないでしょうねー。でも部活に未練とか、ないんですかね。残される方としてはちょっと寂しいですよね」

「未練ってガラじゃないでしょ、あれは。まあ、あたしだったらちゃんと全員に納得してもらった上で送り出してほしいとは思うけど……」

香凜が言っているのは、たぶん山本のことかなと思った。川木の海外行きに際して、男子部部長の山本はあまり納得していないと聞いている。まあ、それはそうかもしれない。あれだけのスーパーエースだ。いなくなるのは戦力的にはもちろん、チームの士気的にも多大な損失のはず……。

「女子部は今年どうですかねー。インハイ」

茜がなにげなく言い出した。

「そりゃあ、うちのエースの調子次第じゃない？」

香凜が向けてきた挑発的な矛先を、私は憮然と無視した。

途端に部室内に冷えた空気が広がり、茜たちが身を強張らせたのがわかった。

こうなることくらい、香凜だってわかっているだろうに。なぜわざわざ、私に話を振るんだろう。隅っこで志保が素知らぬ顔をしていて、私はもやもやと鞄を背負い上げた。

ふいに携帯が唸り出して、着信の名前を見た私は「あ」と呻いた。

そうだ、今日は川木と打つんだった。忘れてた。

「お疲れ様」

冷え切った部室をこそこそ抜け出して、私は駆け足で校門に向かう。

ナイター設備でライトアップされたコートで、川木が一人サーブを打っている。フェンスのドアを開けて私が入っていくと、「お疲れ」と言いつつ顔は全然「お疲れ」って感じじゃない。まだまだ夜はこれからですけど？　みたいな、それを楽しんでいるみたいな、なんていうかガキっぽい顔。

「あんた、ほんとテニス好きだね」

今更呆れることもないけれど、しみじみ思う。ラケットバッグを下ろしてベンチに座り、しばらく黙々とサーブを打つ背中を見ていると、川木が振り返って、

「なに休んでんだよ。早く」

はいはい、と返事をして、疲労のたまった足を引きずって反対側のエンドへ向かった。

「なにしてたんだよ」

「え？」

アップのラリーを始めると、川木が訊いてきた。

「遅かったじゃん」

「あー……」

なんだかいつもより曲がる気のするフォアハンドを打ち返しながら、私は生返事をした。川木はきっと、女子部の微妙な空気感なんて気づきもしない。

「ごめん、忘れてた」

「約束を？」

「うん。ごめん」

「二時間しかないんだからさ」

「わかってる。ごめん」

川木のボールは相変わらず重たい。この三年間で、さらに重くなった。一年の頃の差は縮むどころか、開いていると思う。男女の差は、たぶん関係ない。川木は恐ろしい勢いで成長し続け、たぶんこの先も上手くなるのだろう。私はきっと、この先どんなに練習したって、今の川木にだって追いつけない。別に、川木に勝とうなんて思ってないけど。

「ねえ」

私は声を出した。

「んー？」

「あんたさ、私と打つ意味あるの？」

川木は聞き取れなかったようだ。

「えー？」

「私と打つ意味あるー⁉」

唐突にゆるいボールが返ってきて、リズムが乱れた。私もぽーんと山なりのボールを返す。川木は考える時間を稼ぐように、今度は高い高いロブを上げる。

「意味とか、いる？」

質問が質問で返ってきた。高くはねたボールを、私はグラウンドスマッシュで叩こうとラケットを掲げる。

「だってさ。今更私から得るものなんてないで、しょっ」

しょっ、と声を発しながら叩いたボールはネットにかかった。さっきからなんとなく数えているラリーは、なぜか十八回以上続かない。反射的にポケットを漁るとボールがもうなかった。川木も持っていないらしく、私たちは一度ボールを拾うためにコートを歩き回る。

二人でネット際まできたところで、川木が言った。

「得るものがないってことは、ないよ」

なんだ、その微妙な言い方。

私は言い返した。

「フォーム参考にするって言ったって、もう三年目だよ。さすがにもう、見るところないでしょ」

「んー……」

川木は拾ったボールを手の中で転がした。

「日々乃のテニスってさ、見てるだけでなんか、気持ちいいっていうか」

「……はい?」

「いいイメージが湧く。日々乃を見ながら打つと、いい動きができる気がする」

「なにそれ」

「なんだろうな？　刺激かな」

川木がさっぱりした顔で笑った。そんなこと訊かれても。

「日々乃はなんで俺と打ってんの？」

いきなり訊き返されて、私は一瞬言葉に詰まった。

「それは、川木が誘うから……」

「嫌なら断ってもいいんだぜ」

「別に、嫌ってわけじゃ……」

「一応、練習のつもりでしょ？　なんか刺激受けようっていう」

「そりゃ、まあ、ウン」

「じゃあ、そういうことデショ」

「ウーン……」

川木はラケットを軽く素振りしながら、思い出したように言った。

「今日の俺のボールどう？　実はちょっとガットのテンション変えてみたんよね」

「ああ……そういえば音違うかも。なんか曲がるね」

「そうか。やっぱ回転強いかね。どっちが打ちづらい？」

「さあ……」

なんだか力が抜ける。なんでそんなこと、私に訊くんだろう。川木は天才だけど、それ故なのか少し変人だ。

隣のコートでどこぞのオバチャンたちがスライスばかり使って緩やかなラリーを続けている。ときどきキャーとか、うわー、という声がして、なんだか賑やかだ。テニスは生涯スポーツで、子供から老人まで、一生たしなむことができると言われている。もっとも、それぞれのプレー内容を見れば、正直別のスポーツだと私は思うけれど。プロのテニスと私たちのテニスは、次元が違うところにある。川木はその次元を渡れる切符を手にしている。誰もが手にできるものじゃない。

「すいませぇ〜ん！」

隣のコートからころころと転がってきたボールを、川木がさっと拾い上げて、大げさにぶんぶん手を振っている四十くらいの女性に投げ返した。いいコントロールだったのに、キャッチし損ねて「あらー」とか言いながらばたばた追っていくその背中に「すみません！」と声を張る。

「山本に怒られなかったの？」

ちょっと気になって、私は訊いた。

「なにを？」

「海外行くってことをさ。最後の大会出ずに部活辞めるってことでしょ。あんたはよくても、残されたチームにとっては損失しかないよね」

「日々乃って、たまにずばずば言うよね」

川木が笑って、手の中のボールを、真上に向かってぽーんと高く放る。

川木って、遠投がすごいんだ。野球部みたいに遠くまで飛ぶ。サーブ強化のトレーニングの一環で、男子部が去年の夏合宿中にやっていて、川木と肩の強い山本だけがやけに離れたところでボールを投げ合っていた。

「翼からはまあ、ふざけんなってオーラは感じるけど、言ってこないな」

「そのうち言われると思うよ」

山本の性格を考えると、言わない方が不自然だ。

「かなァ」

川木は落ちてきたボールをキャッチして、もう一度高く投げ上げる。

なんだか川木が呑気で、軽くて、チームのことなんて深く考えていなそうで、それがふっと羨ましくなった。

三月頃、香凜に言われた言葉は今も耳にこびりついている。

「私も辞めようかなぁ」

そうしたらお母さんだって喜ぶだろう。香凜にうるさく言われることもない。

……なんて、冗談のつもりだった。軽く笑って、川木みたいに頭の後ろで手を組んで、ふざけたように言ってみたのに、川木は眉間に皺を寄せて、試合中みたいなすごい顔で私を睨んだ。

「なんでだよ」

私は戸惑う。川木の怒った顔を、初めて見たかもしれない。

「いや……冗談、冗談」

苦笑いして手を振ってみたけれど、川木は誤魔化されてくれなかった。

「冗談でも言うなよ。そんな軽く口にしていいことじゃない」

「そんなまじにならなくても……」

若干引き気味に言っても、その目は揺るがずこちらを見据えている。

「日々乃は女子部のエースだろ。だったらなおさらよくない」

ぎくり、とする。そして確かに、苛立ちも。

それは、今この瞬間生まれた感情ではなかった。香凜と口をきかなくなってから、ずっと燻っていた、胸の奥の暗い炎。川木の海外行きを知って以降、ますます強くなった醜い僻み。

「あんたがそれを言うの」

川木は答えない。じっと私を見ている。意地になって睨み返していたけど、やがて私の方から逃げるように目をそらした。

わかってる。私と川木じゃ、立場が違う。川木が部を辞めるのは、もっと大きなものを手に入れるためだ。それは誰にでも与えられるチャンスじゃないし、与えられたとしても気軽に選択できることじゃない。私たちには部のことしか見えていないけど、川木の視線からはきっと、もっといろんな障害が見えていて、でもそのすべてに立ち向かうことを、こいつは決めたのだ。

うん。そうだ。高瀬みたいに軽薄そうに見えるときがあるけど、テニスに関してこいつが何かを適当に決めるなんてこと、ありえないのを、私はよく知っている。川木は本当に本気で、もっと高いところを目指そうとして、だから海を渡ることを決めた。生半可な覚悟で決められることじゃないって、わかってる。私にはそんな覚悟、なにもないことも。

けれど、無性に苛立った。川木は男子部のエースだ。しかも、とびっきりのスター選手だ。私なんかとは格が違う。背負えるものの、大きさが全然違う。それなのに川木も、香凜も、それが当然のことみたいに、そのスーパーエースと同じレベルを私に要求する。

「あんたみたいな……」

川木が首を傾げて私を見た。

私は川木の目を見れなかった。

「あんたみたいなスーパーエースに、私なんかの気持ちはわからない！」

手に握っていたボールを、投げつけるように川木に突っ返して、私はすたすたと自分の荷物のところへ戻った。叩き込むようにラケットをしまい、バッグを背負って、一目散にコートの出口を目指した。

止められると思ったけれど、川木の声はしなかった。振り返るのが怖くて、ボールの音がまったく聞こえなくなる場所まで、立ち止まることもできなかった。

なんだか最近、言い逃げしてばっかりだなと思い出す。

＊

三年になる直前、女子部の新三年生でミーティングをすることになった。春休みの練習には、ぽつぽつと新一年生がフライング参加したりしていることもあって、夏までの目標や体制の方針をちゃんと共有しておきたいと、香凛が言い出したのだ。

「あんたまたそれ食べてんの？」

その日、私たちは後輩たちが帰った後の部室で額を寄せ合っていた。志保が香凛の昼食を見て眉根に皺を寄せている。

「おいしいんだって」

　香凜はなにやら真っ赤なパッケージのカップ麵をずるずると啜っている。においだけで辛い。

「絶対体に悪いよ」

「希里夏だっていつも梅おにぎりじゃん。知ってる？　コンビニのおにぎりって全然腐らないんだって。やばい薬とかいっぱいかかってるらしいよ」

「誰が言ってたのよ」

「テレビで見た」

「またそういうの鵜呑みにして……」

　私は何も考えずに梅おにぎりをごくりと飲み込んだ。

「っていうか、ミーティングやるんじゃなかったの」

　香凜がお腹が空いたとうるさいから、お昼ご飯を食べながら、という話になったのに。

「あー、そうそう。まあ別に、今さらな話かもだけど」

　香凜はカップ麵をずいと横に押しやって、薄汚れた大学ノートを広げた。細かく綺麗な字で、たくさんの議題が箇条書きされているのが見えて、少しうんざりする。今日も長くなりそうだ。

「とりあえず、目標だけど——」

そう言って彼女がしゃべり出すと、私はすぐに上の空になった。

今の三年女子は香凜、志保、私の三人しかいないけど、入部したときからこの三人だったから、脱落者がいないという意味ではちょっと珍しい代だと思う。

三人とも経験者だけど、私は他の二人に負けたことはない。香凜と志保はいい勝負で、入部以来しのぎを削ってきた文字通りのライバル。去年の三年が引退してからは二人が部長、副部長としてチームを引っ張ってきた。香凜は見ての通りだし、志保もどちらかといえば竹を割ったような性格で、茜をはじめとして後輩たちにはしっかり好かれている。

だからこのまま行けば、どんな一年生が入ってきたとしても、このチームは別になんの問題もないだろうと私は思っていた。

「希里夏、聞いてんの？」

私はぼんやり香凜の方を向いた。

「うん？」

「うんじゃないよ。あんたもしっかりしてね、っていう話してんの」

私はきょとんとした。私？

「何が？」

「何がじゃなくてさ……」

香凜の声音が少しざらついて、私は彼女が苛立っているのだとわかった。志保はどっちつかずな顔で、私と目が合うと肩をすくめる。

「前々から言ってるじゃん。希里夏ももう少し意見とか言ってよ。三年になる自覚あんの？」

「あるけど……」

だからって別に、今までと何が変わるわけでもないでしょう？

香凜がわざとらしくため息をついた。

「あー、いや、そうだった。あんたに足りないのはエースの自覚だったわ」

私はぴく、と眉をひそめた。

それは確かに、去年からたまに突かれていることだった。

香凜は部長でチームのムードメーカー、練習や応援でも指揮をとる、文字通りこの部の中心的な存在だ。クレバーな志保は暴走しがちな彼女のサポート役、取りこぼしを防いだり、裏でフォローに回ったりする。そして香凜に言わせると……私には、エースとしての自覚を持ってほしい、と。

「希里夏はエースなんだから、もっと川木みたいにチーム引っ張ってくれないと困るんだけど。一年生だって入ってくるし、これから大きい大会続くんだから」

香凜の声音が強くなり、私はついいつものように言い返した。

「だからさ、私は別にエースってガラじゃないし……」

これも何度も言っている。S1なのは事実だ。だけど、それだけだ。

「自分で引き受けるもんじゃないんだよ。周りがそう認めたら、もうあんたはエースなの」

「そんな横暴な」

苦笑いするけど、香凜の目はまじだ。

「希里夏はそうやってずっとのらりくらりとかわすつもりなの？　それじゃあこのチームはずっと宙ぶらりんのままなんだよ。もう三年だよ。いい加減ちゃんとしてよ！」

私はびくっとした。こんなに強く言われたのは初めてだった。

香凜は、ひょっとして我慢していたのかもしれないと思った。あるいは今までも、強く言ってきたつもりなのかもしれない。私が真に受けなかっただけで。

でも、それってなんか悪い？

私は苛立っている自分に気がついた。

だってこんなの、押しつけだ。私はエースなんて大役、一度だって引き受けたつもりはないのに。

なんだかお母さんみたいだと思った。もうすぐ高校三年生なんだから勉強しなさい、受験に集中しなさい――人の気持ちなんか何一つ考えず押しつけてくる母の姿が、目の前の香凜に重なって、頭の中で何かが小さく弾(はじ)ける音がした。

「勝手に私に夢見ないでよ」

吐き捨てるようにつぶやくと、私はさっと立ち上がった。

「ちょっと！　まだ話は終わってない！」

喚(わめ)く香凜が伸ばした手をすり抜けて、私は自由を求めて部室から飛び出したのだった。

＊

うちの部は男子も女子も練習前には円陣を組む。暑苦しいしきたりだけど、伝統なので仕方がない。

男子は山本のことが多いけど、たまに石島とか、川木がやっているのも見たことがある。女子はいつも香凜だ。だいたい歴代部長がやっているというだけの理由で、そうなった。というより、私と志保がやらないから、香凜がやっている。

「よろしくお願いします！」

「しまーすっ！」

香凜の声に合わせて張るはずの大声は、最近あまりうまく響かない。

「あ」

色々なもやもやを引きずってボールが飛んでいく。綺麗なホームラン。フレームに当たったのだとわかる。スイートスポットを外すのだって気持ち悪いのに、98インチのフェイスにすら当たらないとはいったいどういうことだ。

言い訳だけど、男子部が隣のコートで打っていて、どうにも気が散るんだ。そっちを見ないようにしているのに、頭の中にはいつだったか、あいつに言われた言葉ばかりが浮かんでくる。

――フォアって、やっぱり一連の動作だと思うね。テイクバックが綺麗だと、スイングもスムーズだし、フォロースルーも自然に抜ける。日々乃のフォアってその辺、理想なんだよな。

その理想が、聞いて呆れる。一方的に言い逃げして、そのことに自分で勝手にダメージ受けて、馬鹿みたいだ。

「そこのホームラン量産機。しゃんとしてよ」

香凜の声は無視した。志保が近づいてきて、顔をのぞき込んできた。

「どしたの希里夏。今日はずいぶん調子悪いじゃん」

私は犬みたいにうなり声だけを返す。

「うわ、すごい顔。とりあえず肩の力抜きなよ」

私はうなずきながら、ふっと横目にフェンス越しのBコートを見やった。

川木と石島、山本と澤登がBコートでダブルスの練習をしている。川木がサーブを打った。すごい音。打球から着弾までの時間が異様に短い。川木は特別背の高い選手ではないと思うけど、打点が高くて、横から見ているとサーブの入射角がえげつないのがよくわかる。返す山本もすごいけどリターンは甘くなり、すでにネットに詰めていた川木がいとも簡単にボレーを決めてしまった。石島が川木に何かを言って、川木がにっと笑う。

川木のプレーはいつも通りだ。丁寧で無駄がなく、流れるようにスムーズ。テニスをしているときの、いつもの川木。あいつの周囲はいつだって、そこにいるだけで力をもらえそうな、エースのオーラみたいなものが満ちている。

見ていて、息苦しさを覚えた。私はどうせ、大した選手じゃない。


インターハイ個人の予選は四月に行われる。東京では『東京都高等学校テニス選手権大会』と呼ばれているもので、この上位数名がいわゆるインハイへ進める仕組みだ。東京都高等学校テニス選手権大会の中にもブロック予選と本戦があって、これが地区大会と県大会に相当する。インハイ（高校総体）そのものは八月だが、その出場選手を決める戦いは各地方春から始まり、夏へと続いていくのだ。東京は学校数が多いので枠も多いが、そうはいっても数えれば片手の指で足りるほど、去年その一人に入った川木は文字通り東京で五指に入る選手ということになる。うちの高校で、テニス以外の競技を含めてもインターハイ出場選手というのは初めてだったらしく、去年の一学期にでかでかと川木の名前が書かれた垂れ幕が夏風にはためいていたのを覚えている。

とはいえ川木を除けばうちは平凡な公立校の硬式庭球部、特に女子部には川木のような絶対的天才はいないし、どうしたって勝つのはスポーツに力を入れている私立強豪校というイメージは三年になるほど根強い。インハイ予選と言われても記念参加みたいなところは正直あって、でも運動部なんて大概みんな負けず嫌いだから、いざ試合が始まるとどんな強豪が相手だとしても絶対負けたくないって思ってしまう。少なくとも、私はそうだ。

インハイ予選初週。つまり、東京都高等学校テニス選手権大会、予選。

昨晩は、枕(まくら)に突っ伏しながらひたすら自分の本来のプレーやフォームをイメージしてきた。インハイ個人戦の会場はみんなばらばらになる。一人は気楽でいい……と思った矢先に名前を呼ばれてびくっとしたが、女子部の後輩が応援にきてくれただけだった。香凜が別会場なのは知っているのに、なにびくびくしているんだか……。

会場は都内の某私立校で、今日のサーフェイスはハード。うちのコートは砂入り人工芝が四面だから、普段の練習ではハードコートとは縁がない。たまに川木と打っている市民体育館横のコートもオムニだ。インハイ予選はこれで二回目の出場（一年のときは出ていない）だけど、考えてみるとクレーで試合したことはないなとふと思う。

テニスは試合時間が決まっていない。今大会のルールは6ゲーム1セットマッチ、6－6でタイブレーク、勝ち上がると確か準決勝から3セットマッチになる。1セットマッチだとだいたい三十分から一時間くらいだが、自分の試合がいつになるかというのは基本的にわからないので、自分の番が来るまでの間周囲を眺めて過ごす。

個人戦だから、一人で来ている選手ばかりだった。これが団体戦だと同じジャージを着た選手があちこちに固まっていて、互いに威圧感を醸し出していたりするけど、個人戦は個人戦でまた少し違った緊張感がある。スクールに通っていた頃、ジュニアの大会に出ていたときの雰囲気に似ている。私は個人戦のこの緊張感が好きだ。みんな強そうに見える。みんな上手そうに見える。でもみんな、緊張しているのもわかる。一人、また一人とコートへ呼ばれ、試合へ向かっていくその背中を、全部応援したくなる。全員敵なのに、全員仲間みたいな感じがする。

個人戦の空気に当てられて、雑念が薄れた。

十時頃に名前を呼ばれて、コートに入った。試合のときのコートは広く見える。練習のときはボールが転がっていたり、他の部員がいたりして、コート全体が綺麗に見えることは少ない。それが試合になると、ネットの向こうに相手選手がぽつんと立っているだけになる。隣のコートも、そのまた隣のコートも、二人ずつしかいない。

アップが始まる。

サーブを両サイド二本ずつ打つだけなのに、もう空気がひりついている。

心臓がどきどきと脈打つ。

手が震える。

でもそれを、心地よく思う自分がいる。

練習でできることを、試合で百パーセント発揮するのは難しいとよく言う。どんなスポーツでも。でも逆に、試合になると練習じゃできないようなことができたりもする。この感覚はたぶん、全力でスポーツをやってる人にしかわからない。

その競技に打ち込んでいる。

だから勝ちたいと思う。

勝ちたいから集中する。

その集中力は、ときどき、百パーセントの壁を越える。

ぴりぴりとした試合の緊張感にさらされると、集中力が上がりやすいタイプがいて、私はその典型なのだと思う。本番に強い、とよく言われるけど、強いわけじゃない。むしろ、普段が弱いのだ。火がつきにくいだけ。試合になると、火がつく。

試合が始まって、最初のボールを打つ瞬間、自分のフォームを強く意識した。私のいつも通りのフォーム。いつも通りのフォアハンド。いつも通りのスイング。以前ビデオに撮ってもらったものを、今週は繰り返し見ていた。目に焼き付けたイメージを筋肉へ伝える。

ラケットを立てたまま水平にテイクバック。

ボールの弾道は低めのフラットドライブ。

しっかり足を動かして飛んでくるボールの真後ろに立ち、体幹を意識しながらスイング、インパクト。

ぴたりとスイートスポットを捉(とら)えた感覚があった。

ラケットのフェイスは広いけど、どこに当ててもいいわけじゃない。スイートスポットと呼ばれるもっとも力が伝わるポイントがあって、そこでボールを打つと芯(しん)のある重いボールを打つことができる。

フォロースルーは意識する必要がなかった。

飛んでいくボールの弾道を追うまでもなく、いいところへ入るのがわかった。

いい。

今日は調子がいい。

調子がいいときは、ボールの方からスイートスポットに飛び込んでくるものだ。

最初のゲームからブレークして、次のサービスゲームもファーストからきっちり入り、キープした。相手はそんなに強くない。きっちりコートを広く使って、オープンスペースにフラットを打ち込むだけで面白いように点が獲れる。

ゲームカウントは瞬く間に3－0となった。

いける。

勝てる。

そう思いながらチェンジコートのために歩き出した私の耳に「日々乃先輩ナイスゲーム！」という後輩たちの黄色い声に混じって「ナイスゲーム日々乃」と男子の声が飛び込んできて、

顔を上げた私は心臓が止まりそうになった。

川木がいる。

え、なんで、と思ったが、川木はシード選手だ。今週は試合がないのか。

とはいえ、なぜわざわざ女子の私の試合を観にきているのだろう。男子部の試合だってあるはずなのに。

チェンジコートでちょうど川木と後輩たちが立っているフェンスが、私のエンドの真後ろになった。川木の視線が背中に注がれているかと思うと、おとなしくしていたはずの雑念が途端に暴れ始めた。

おまえが女子部のエースだと言う川木。

エースの自覚を持てと怒る香凜。

無理だよ。だって私は、川木みたいにはなれない。

私も辞めようかな、と笑いながら言う声がする。

母が、これからは受験に集中しなさいと、背中をぽんぽん叩く……。

とんとん拍子に調子を崩した。

相手の選手は最初からラリーを丁寧に繋いでくるだけで、自ら展開しようとはしない。いわゆるミス待ちの選手——男子に言わせると〝シコラー〟——で、元々ミスが少ないので私がミスをすると相手にどんどんポイントが入っていく。ミスをするたびに川木が「どんまい」と叫ぶのがますます感覚を狂わせる。

そのエンドで、ダブルフォルトを二回した。

ファーストサーブは一度も入らなかった。

ストロークはことごとくネットにかけた。せっかく補正したはずのイメージに、川木のイメージが重なってくる。変な回転がかかり始めている。回転をかけちゃだめだ、と思ってフラットで打つと、今度は綺麗にアウトになる。川木みたいになれないって、わかってるのに、どうして川木みたいなボールを打とうとしているんだろう。わからない。わからない。もう、自分のテニスがわからない。

後輩たちの声援が「ナイス」から「どんまい」ばかりになり、声音も悲壮になった。

川木の声だけが妙に明るい。応援がネガティブになるとそれが選手にも伝わることを、試合に出ている川木はよく知っているのだろう。でも今は、その声が私の力を奪う。

結局そのエンドで二ゲームを落とした。チェンジコートがあって、川木たちが反対側のエンドになった。さっきまでは背中を見られていたけれど、川木の顔は見えなかった。こっちのエンドは距離が遠い代わりに、川木が目に入る。

私は下唇を噛みながらフェンスの方をちらりと見て、

「……あれ」

思わず声に出た。

後輩しかいない。

川木は、いなくなっていた。

その後の試合は、少し冷静になれた。意識を再びコートの中に集中させ、もう一度気持ちを上げて……とはいえ最初ほどのフロー状態にはもう戻れず、かろうじて不調を戻して、テンポの悪いラリー戦の中で確実に獲れるポイントだけこそこそかき集めるのがせいぜいだった。

最終的に6－4で辛勝して、ボールを持って試合内容を反芻しながらコートから出た。あんな試合内容でもねぎらいの言葉をかけてくれる後輩たちに曖昧に返事をしながら、受付へ向かった。

歩いている。

早歩きになる。

逃げるように走り出す。

息を切らして立ち止まる。

だめだ。

「このままじゃ、だめだ」

初夏の空に向かって呻いた声は、自分でも驚くほど弱々しい。

女子部でシングルス個人戦一週目を勝ち残ったのは私だけで、それだけでも東京という地区がいかに激戦区なのかがよくわかる。地区の予選で、二週目まで勝ち上がるとだいたい地区で五指には入ってる感覚だ。男子だと山本が勝ち残っているらしい。ちなみに川木は本戦シードなので、予選には出ない。ダブルスは来週だ。

シングルスの本戦枠は七十二人、ダブルスは三十六ペア。本戦まで勝ち上がって、ようやく東京都百位の壁を破れる。去年うちの部でそこまで達したのは川木だけだった。その後あいつは、東京でベスト2とかで、インハイ本戦まで行っているわけだから、本当に怪物……。

部の掲示板からOB・OG・保護者宛に出される大会結果報告をぼんやり眺めて、やっぱり私立の壁は厚いなと考えていると電話が鳴った。香凜だった。

個人戦とかで会場が違うと、香凜は必ず後で電話をかけてくる。以前もメールで訊いてくることはあったけど、直接かけてくるようになったのは、部長になってからだった。とはいえさすがに今回は、かかってこないかと思っていた。

出るかどうか迷っているうちに一度切れて、またかかってくる。私が迷っていることをわかっているみたいに、二回、三回、途中でメールで「出ろよ」と怒られたので四回目で出た。

「よー、あっさり一週目勝ちやがってこんちくしょう」

第一声からこれだ。男勝りな香凜は男子の前だともう少し猫をかぶっているけど女子テニス部だと大概男みたいな口しかきかない。ただ今日に限っては、私との微妙な気まずさを、誤魔化そうとしたようにも聞こえた。

「まあ……なんとか」

口をきいたのは、ずいぶんと久しぶりのはずだけど、不思議とそんな感じもしなかった。普段通り、今まで通り、普通に声が出ることに少しほっとする。

「内容は？」

「んー、ぼちぼち……」

二回戦以降はまともな試合ができたので、楽勝とはいかなかったがなんとか勝ち上がれた。試合は今日三回戦まで行われ、二週間後に予選の準決勝と決勝が行われる。

「ミツから聞いたけど、一回戦が変な試合だったって？」

ミツというのは光子。今日応援に来てくれていた後輩の二年生のことだ。

「ああ、まあ……」

「川木が来たあたりで崩れたって」

私はびくっとなった。香凜の言葉がトリガーになって、みっともない一回戦の記憶がぷかぷか浮かび上がってきた。フェンスの向こう、一瞬だけ視線が交わった、川木の目……クラスでの彼とも、部活での彼とも少し違う、目だけでテニスをしているみたいな、深く遠い瞳だった。

「あいつ、なんで私の試合なんか観にきたんだろ……」

「さあ。本戦シードだから暇なんじゃないの？」

暇。

暇だから私のところに来た、と思えたら楽だけど、そうじゃない。

後から後輩に聞いた話で、本当はもう何駅か先の会場でやっている山本の試合を観にいく予定だったけど、途中下車して私の試合を一瞬覗きにきたらしい。二ゲームだけ観て、すぐいなくなったらしいけど。

山本の試合のついでに寄ったというのはたぶん本当なんだろうけど、他の男子だったら、同じ男子部の試合を観に行く途中で、わざわざ女子部の試合会場に寄ったりはしない。

川木は私の試合を観にきたのだ。思えば、あれだけフォームが綺麗だと言うわりに、私の試合を観にきたのは初めてだった。

「その川木から、伝言預かってるんだけど」

香凜がふいにそんなことを言い出して、私は身を強張らせた。

「伝言？」

「知り合いが観にきたくらいでエースが集中を乱すなってさ」

はあ、と私はため息をついた。

あいつ、私と気まずいことになっているの自覚ないんだろうか。いや、あるから香凜に伝言を頼んだのか。どっちにしても、私はエースじゃないって、何度言ったら……

……、

「ねえ、香凜」

その言葉は、ぽつり、と口からこぼれ出た。

「私は、川木みたいにはなれないよ」

私はあいつみたいに上手くない。

人付き合いも得意じゃない。

人を引っ張っていくとか、ガラじゃない。

今日の試合だって、全然スマートじゃなかった。

あいつならきっと、後輩の前で、あんなみっともない試合はしない。

「川木みたいになれって、言ったっけ？」

香凜がそんなことを言ったので、私は憤慨した。

「言ったよ！　川木みたいにチームを引っ張れって」

「ああー……」

確かに言ったかも、と香凜は他人事みたいにつぶやく。

「でも、それってテニスがすごく強くなれって意味じゃないよ。人付き合いよくしろって意味でもないし」

「それはなんとなくわかるけどさ」

「ならどういう意味だと思ったの？」

私は口を開いて、そのまま固まった。

どういう意味だと思ったのだろう。

川木みたいに。それはなんだかひどく抽象的で、ふわふわとした言葉だった。けれど確かに、そう思うのだ。私は、川木みたいにはなれない。あんなふうに、圧倒的に人を惹きつけることなんてできない。それは結局、私があいつほどにはテニスが上手くないから……。

「わかってないじゃん」

香凜にきっぱり言われて、私はむっとする。

「じゃあ、どうなってほしいのよ」

「希里夏は自分がエースだって、あんまり思ってくれてないじゃん。そんなエースじゃ、ついていく方が困惑するっていつも言ってるでしょ」

「私も何度も言ってるじゃん。そういうタイプじゃないって」

私はふてくされてつぶやいた。

そう、私はそんなタイプじゃない。川木ほどのボールが打てたら、私だって胸張ってエースだって名乗れるかもしれない。インハイに出た実績があったら、もっとオーラが出るかもしれない。あるいは、海外に呼ばれるほどの実力があれば——だけど私はせいぜい都予選止まりの、掃いて捨てる程度の選手だ。

向いていない。根本的に。

「うん。ごめん。確かにあたしもちょっと押しつけがましかったのは認める」

でもね、と香凜は続けた。

「川木がすごすぎるから自分なんか……って思ってるのかもしんないけど、あんたも十分すごいんだよ。上手いってだけじゃないよ。誰よりも朝練出てるし、誰よりも真剣にテニスに向き合ってる。川木と打つのだって、ちょっとでも上手くなろうと思うからでしょ。試合への集中力も、たまにするアドバイスの的確さも、みんな認めてる。そういうの全部含めて、あんたがエースだって、私以外は言わないけどさ、みんな思ってるんだよ」

私は黙って聞いていた。

過剰な評価をされている。そう思った私の胸中を読んだように、香凜は続ける。

「そんなすごく難しいこと、頼んでるつもりじゃないよ。ただ、自信持ってほしいんだよ。川木みたいに胸張って、私がエースだ、だから私の背中に黙ってついてこい、くらいの感じでいてほしいんだよ。エースがそうあるだけで、みんな励まされるんだから。それはあたしや志保にはできないことなんだからさ」

「……よくわかんない、そんなの言われても」

私は囁くようにつぶやいた。

わからない。その「自分がエースだ」みたいな、空気はわかる。川木には確かにそれがある。だけど私に同じことができるとは、やっぱり思えなかった。それは結局、川木みたいなすごいやつになるということと、同義だと思った。

「希里夏さ、川木の試合観たことある？」

突然、香凛が言った。

「……ない」

「じゃああいつのインハイ予選、一緒に観にいこう。たぶん、見たらわかる」

香凛はそう言って「じゃあ、おやすみ」と私の返事を待たずに電話を切った。

*

個人戦シングルス二週目は、都高校予選の準決勝・決勝が行われた。私は決勝には行けなかった。準決勝で予選シードに当たってしまい、あっさりスコられた。男子は山本も同じく準決勝敗退。結局シングルスでの本戦出場はシードの川木だけとなった。

翌週、ダブルスは川木と石島ペアが予選の準決勝、決勝を戦い、本戦進出を決めた。部の掲示板で知っただけなので、試合内容はわからない。

五月のゴールデンウィークに個人戦の本戦があって、川木のシングルスは男子部は全員応援に行くそうだ。女子部は特に招集はかからなかったけど、たぶん茜を筆頭にほとんどの子は応援にいく気がする。

今さらコートの外から川木を見て、見えるものがあるんだろうか……でも思えば、川木の試合を観たことは、一度もない。去年のインハイは部をあげての大応援団が結成されたけど、私はあまり興味が湧かなくて行かなかったんだ。

シングルスの本戦出場選手は七十二人、そのうち本戦ストレートイン（予選のない選手）が十六人、さらに第1～第8シードの八人は本戦四回戦から参戦で、川木は第3シードに当たる。

昨日改めてドロー表を見て、真顔で「は？」となってしまった。予選五試合を勝ち抜いた上、本戦で三試合勝ち抜いた選手と同じ位置からスタートって、どうかしている。だって、これすでにベスト16じゃん。今年の東京枠は五人のはずだから、二回勝てばベスト4でインハイ行き決定だ。そうでなくともベスト8まで行けば、準々決勝敗退者四人による総当たりで一人だけインハイにいける。つまり、一度勝てばインハイ圏内。去年の川木は予選シードだったけど、そこからインハイ本戦まで行っているし、実力的には正しいんだろうけど、すっごい不平等……。

でもその不平等が許されるのがシード選手だ。毎年インハイへ行くのは、概ね（おおむ）シード選手だ。

改めてすごいやつなんだなと思う。

さらに上を目指して海外へ行くというのか。

これ以上、さらに上があるというのか。

途方もない世界だな、ほんと。

会場へ着くまでに、勝手に意気消沈してしまった。わかりきっていたことだけど、自分との差は歴然。都高校予選の準決勝で敗退してしまう自分が情けない。その位置は決して低くないはずだけど、上を見てしまうときりがない。

コートまで行くと、さすがに準々決勝、なかなかの人だかりだった。待ち合わせていた香凜はすでに来ていて、私を見つけると早く早くと手招きする。

「他の人たちは？」

「あの辺に固まってるよ。山本がうるさいからすぐわかる」

ちょうどそのとき、声援の中から一際大きながなり声がした。

「まず一本ー！」

なるほど、一発でわかった。男子部と、ぽつぽつ女子部が混ざっているその集団からは距離を取り、私たちはフェンスの空いている場所を見つけて防風ネットに顔を押し付けた。

スコアは2－0。勝っている。川木のサービスゲームだ。川木がトスを上げたところだった。相変わらず、トスが高い。打点も高い。体を弓のようにしならせて、矢のように弾き出すフラットサーブ。センターをレーザービームのように抜けていき、ノータッチエースとなる。

「ナイスサーブ！」

山本の声が響いた。少し怒ったように聞こえるのはいつものことだが、山本は川木の海外行きに関して納得していないと聞いている。複雑な心境でこの試合を見ているのはきっと私だけじゃないんだろう。香凜が以前言いかけたことを思い出す。全員に納得してもらって送り出してほしい……そう思って観ると、川木のプレーは、なんとなく何かのメッセージを発しているようにも見えた。

川木は次々とファーストサーブを決めていった。相手だって東京ベスト16まで上がってきている選手だ、弱いはずがないのに、川木に臆する様子はない。そうそう何本もエースを獲らせてはくれず、リターンもきっちり返してくる相手に、川木は鋭いフォアハンドでぐいぐいオープンスペースを作り、やわらかいタッチでボレーを決めていく。川木のボールの方が深く、コースがいいので、ラリーで終始主導権を握っている。

川木はシングルスにムラがある、と山本が言っていたのを聞いたことがある。本人も言っていた。どこが？　と思ってしまう。今日が特別調子がいいのか、それともこれで普通なのか、一緒に練習したことはあるけれど試合を観るのが初めての私には判断がつかない。

あっという間に3－0になった。チェンジコートのときに、川木と確かに目が合った。

川木は私を認めて、浅くうなずいた。そのままなんでもないようにベースラインに構えて、相手のセカンドサーブをリターンエースで仕留めた。

フェンスのこちら側がわっと盛り上がり、轟くような歓声がコートに響き渡る。川木が小さく拳を握って、私と香凛、それから山本たちがいる応援団の方に向かって、ガッツポーズをして見せた。

普段は細く、頼りなく見えるその背中が、とても大きく見えた。声援という声援が、吸い込まれていくようだった。

ああ。

違う。

全然違う。

私の試合とはまるで違う。

それは、応援したいと思わせる背中だった。

エースとして背負うべきものが、すべて乗っている背中だった。

私の背中にはきっと、あれが乗っていない。チームメイトからの信頼、期待、エースとしての責任……それらは、きっと重たいものだ。だけどあいつは、全部乗せてなお、前に突き進んでいく。

川木がエースなのは、川木がすごいからなんだと思っていた。

違う。

すごければ、エースになれるわけじゃないのだ。

チームの柱だから、エースと呼ばれるのだ。

いつか香凜も言っていた。周りがそう認めたら、エースなんだって。

それなのに私は長いこと、〝エース〟の意味を、はき違えていたのかもしれない。

あんなにも力強く、コートに立っている川木を見て、今ようやくわかった。

そうか、香凜は私にも、ただそうあってほしかっただけなんだ。

隣で彼女が川木の名を叫んでいる。

何かが吹っ切れて、私も大きな声を出した。

「ナイスリターン、川木！」

＊

「また朝練なの？」

朝、ウェア姿で家を出ようとしたところで、母につかまった。

「うん」

「もう大会終わったんでしょう？　まだやるの？」

「最後の大会、残ってるから」

テニスシューズの靴紐をぎゅっと締める。母の声は、少しずつトーンがあがっていく。

「最後の大会って、いつなの」

「七月」

「あんたねえ、七月ってもう夏休みじゃない。受験の天王山は夏なのよ。そんな時期までなんの準備もせずテニスばっかりしてたら本当に、」

「お母さん」

靴紐を結び終わった私は立ち上がり、振り向く。

思えば、こうしてきちんと目を合わせるのは、ずいぶんと久しぶりかもしれない。目が合うとは思わなかったのか、母は身を竦めていた。その瞳は大きく揺らいでいる。親の気持ちがわかるほど、大人にはなれていない。だけど、口うるさいのは何かの裏返しなんだって、それくらいはわかるような気がする。

「あのね、これでも私チームで一番強いの」

私が言うと、母は何を言うのか、と目を白黒させた。どう思われてもかまわない。それでも、きちんと言っておきたいと思ったから。

「こんなんでも色々背負ってるし、期待してもらってる。だから、その分には応えたい。最後の大会まで、ちゃんと全力でやり切って終わりたいの」

川木ももしかして、両親に対してこんなふうに、自分の海外行きを切りだしたのだろうか。私のこんなささやかな独白と、あいつのばかでかい夢を並べて語るのは、ちょっと大げさかもしれないけれど。

「もちろん、受験のことはちゃんと考えてるよ。だから心配しないで。私、そんなに成績悪くないんだから」

勝手に私に夢見るな、って思っていた。でも夢を見てもらえた、それだけの力があると信じてもらえた——それはきっと、「勝手」な思いからは生まれない。

大丈夫。私が思っているよりもずっと、自分の背中は大きくて、いろんなものが乗るのかもしれないと思うから。今は自分に期待してくれた人たちを、信じてみようと思う。そこにはちゃんと、母も含まれている。

「あら、そう……」

「じゃあ、いってくるね」

少し呆けたように「いってらっしゃい」と言う母を置いて、私は家を出た。すっきりとした夏空が、いつもより少し目にまぶしい。

午後の美術の授業の後に中央階段の方から教室へ戻ろうとすると、向こうから川木がやってくるのが見えて私は足を止めた。川木が顔を上げて、私に気がつく。

「おう」

「おはよ」

「もうこんにちはだろ」

いつかと同じ会話に、私は苦笑いする。

「インハイ出場おめでとう」

「出れないけどな」

川木が肩をすくめて、私たちは一緒に階段を下りた。

先日のシングルス個人戦、川木は決勝で第1シードに敗退し準優勝だった。とはいえ接戦で、フルセットの大熱戦はどちらが勝ってもおかしくなかった。東京二位の川木は、東京の代表として八月に行われるインターハイに出場する権利を得たことになる。たった百二十八人しか出ることのできない、高校日本一を決める大会。だけどその権利を辞して、川木はさらに遠い場所へ行こうとしている。そう、文字通り、世界へ。

「……今日さ、練習の後時間ある？」

私は訊ねた。川木が意表を突かれたような顔をして立ち止まった。

「あるけど」

「じゃあ、ちょっと打とうよ」

私から誘うのは初めてだ。川木は目を丸くした。

「場所は？」

「いつも通り。市民体育館の横。コート代は私が出すよ」

川木は頭をかいた。それから変な顔で笑った。

「日々乃から誘われると、なんか調子狂うな」

私もそう思う。


すでに五月も中旬に入り、市民体育館の桜の木にも鮮やかな新緑が繁っている。日が少しずつ長くなって、これから季節は夏へ近づいていく。私たち三年生にとって、高校生最後の夏。大きな試合はもう、インターハイ団体戦と、都立対抗戦を残すばかりで、確実に終わりは近づいている。

その最後の季節に、川木はいない。

コートへ行くとすでに川木がきていて、サーブを打っていた。綺麗なフォーム。えげつない入射角と反射角。東京で、こいつの上はたった一人しかいない。そんなやつと、三年間もテニスをしていた。いつかそれは、プロになったやつとテニスをしていたという誇りに変わるのだろうか。

私がフェンスの扉を開けてコートに入っていくと、川木が振り返って「お疲れ」と言った。私はうなずきながらラケットを取り出し、すぐに川木の反対側のエンドへ走っていった。川木がボールを出す。それを打ち返す。黙ったまま淡々と、クロスラリーをする。

打つのはあれ以来だから、ほぼ一ヶ月ぶりか。そんなに久しぶりというわけでもないのに、川木のボールはなんだかひどく懐かしい感じがした。そうか、これはたぶん、一年のとき、初めて打ったときの感覚だ。とても上手いと思ったのを覚えている。いつしか一緒に打ち過ぎて慣れてしまったけど、こないだの試合を観て改めて実感した。こいつ、本当に、めちゃくちゃ上手いんだ。

「そういや今日、珍しかったな」

ラリーをしながら、川木が言い出した。

「なにが？」

「円陣。日々乃が声出してなかった？」

顔がかーっと熱くなった。そうだ、今日の練習前の円陣、声出しは私だった。香凜もいたし、志保もいたけれど、私が出した。あまり大きい声は出ていなかったと思うけれど、男子部にはさすがに聞こえただろう。微妙に裏返っていて、後で香凜と志保ににやにやしながらからかわれたのはここだけの話だ。

「結構でかい声出るよな、日々乃。こないだの応援も、よく聞こえた」

「そりゃ、まあ、運動部だし」

「まあ、三年声出ししてるしな」

「そうそう。出るようになるって」

私たちは声をあげて笑う。軽い笑い声は、日の長くなった市民体育館のテニスコートに、心地よく響く。

「川木」

一度口を開くと、話したいことは、思いのほかするっと出た。

「こないだはごめん。いきなり帰ったりして」

「ああ、いや、いいよ」

川木も軽く受け止めてくれた。

「ってかわりィ、俺もちょっと言い方きつかった。辞める分際でエラそうっていうか……」

「ううん。おかげで目、覚めたと思う。今さらって感じもするけど」

「ふーん。それが、今日の円陣に関係あったりすんの？」

「まあ、そんなとっ、こっ」

私は「こっ」に合わせてラケットを勢いよく振るった。いつものフラットショット。川木みたいに曲がったり、高くバウンドはしない代わり、まっすぐに鋭く飛ぶ、私のフォアハンド。

川木のボールが乱れた。ふんわりと浮いたボールを、私は容赦なくもう一度フラットショットで叩く。川木がよろよろと逃げるようにロブを上げた。情けないフォームのわりにこんなときでも上手いもので、しっかりと深い。

一度落として、私はグラウンドスマッシュを叩き込んだ。

川木が拾い損ねた。珍しいことだ。コートを抜けたスマッシュが後ろのフェンスに当たってガシャガシャ音を立てた。十八球目だった。

川木はこっちを見ていた。私も川木をまっすぐに見つめ返す。

川木の目はぎらぎらとしている。

その目に映っているのは、もっと遠い場所だ。

海の向こう。

日本よりも暑い夏。

自分より上手いやつが、たくさんいるコート。

本戦の試合を観たときに、思ったこと。

夏の日差しみたいな目でボールを追っていた川木。

こいつは前しか見ていない。そしてその背中を見て、男子部はずっと走り続けてきたのだろう。

「私も、私なりにやってみるよ」

十七歳の私に残されたほんの数ヶ月、川木ほどではないにしろ、みんながついてきてくれるような背中になれたら。それはきっと、とても誇らしいことなんだ。

「大丈夫。日々乃もちゃんとスーパーエースだよ」

川木が笑った。

私はしばらく、その言葉を噛みしめるように立ち尽くしていた。やがて肩をすくめて、ボールを出す。川木が打ち返す。私はそれを、ゆったりとしたロブで返す。川木がそのボールをじーっと眺めながら、担ぐようにラケットを構える。

「あのさ、日々乃はもしかして未だに信じてないかもしんないけど」

溜めながら、川木が言った。

「なにが？」

私は宙を見上げて、ボールの行方を追う。

「俺、日々乃のテニスは、まじで一番、綺麗だと思ってるから」

川木がスマッシュを放つ。

綺麗にコートの中央を切り裂いて、高く跳ねた。

私には届かない。

誰も届かない場所に、川木のボールは届くだろう。

海の向こうまで、この空を越えて、きっと届くのだろう。

口にしないけど、信じているよ。

あんたはきっと、プロになって戻ってくる。そのときは私も、いつかの夏のエースとしての自分を、誇って話せるといい。

「本当だからなあ！」

何も言わない私に川木が怒ったように叫んだ。

「わかったわかった」と私は笑って、走ってボールを拾いにいった。

部活に出るのが、そんなにえらいのかよ

最初にユウが海外へ行くと聞いたときは、素直に「へー、すげえ」と思った。だって、海外だぜ？　おまけにプロになるって言うじゃん。テニスが上手いのは嫌というほど知っていたから、驚きはしなかったけど、それほどなのか、とは思ったね。普段一緒に馬鹿騒ぎしたりエロい話したりしてる友人が、そんなとんでもない存在だってことが、よくわからなかったんだ。

オレにとってユウは、すげえチームメイトってよりは友達って感覚の方が強かった。学校生活でのユウは気さくで、緩くて、ノリがいい。よく笑うし、勉強はあまり好きじゃなくて、好きな食べ物はラーメンとパスタとうどん。麺ばっか食うくせにそばは嫌いなんだよな。見た目がぐろい、とか言って。そのくせイカスミパスタは美味そうに食うんだ。変なやつさ。

コートの上で豹変することは知っているけど、オレは長らく、それはユウの本当の姿じゃないと思ってきた。あれはなんていうか、そう、変身的なやつだ。特別な姿。一時的な姿。月の光を浴びて変化する、狼男みたいな。テニスをしているとき、ユウは普段の学校生活じゃ見せない鋭い目になる。翼みたいな目。石島みたいな目。オレがテニスをしているとき、絶対にそんな目はしていない。そういうとき、オレはユウにいつもの悪ふざけのノリでは絡めない。本当のユウとあまり気さくにしゃべらない翼や石島が、コートの上でだけはオレよりもユウと仲良しになって、自分はなんだか蚊帳の外みたいになる。そんなとき、あいつらはオレにはわからない言葉で話している。日本語としてはわかるけど、テニス馬鹿にしかわからないニュアンス……けっ。

でもオレは、本当のユウは、普段の学校生活のユウなんだと思ってる。

だってそうだろ。ユウはオレと同じ十七歳の高校三年生で、ふざけるのが好きで、ただの勉強嫌いの普通の男子なんだ。そんなユウが、プロなんて厳しい世界を目指すって言われても、オレにはよくわかんねえよ。

テニスにはそんなに夢中じゃない。もともと硬式庭球部にはなんとなくモテそうだから、って理由で入ったけど、そうでもなかったことには二年目で気づいていた。兄貴が大学のテニサーはヤりまくりでやばいみたいなこと言ってたけど、高校テニス部なんて全然お子ちゃま、不純のフの字も見当たらない。可愛い子はちょいちょいいるけど、みんな真面目でお堅くて、なにより本当にテニスが好きなやつばっかりなのだ。そんな中でガチの恋をしたりしているやつがいるともう、なんていうか、むせかえるような青春臭がする。

オレは正直そのノリは得意じゃなくて、入部当初から練習態度が不真面目・不熱心で先輩によく叱られた。遅刻常習犯、ネットに腰掛けたり、ラケットで遊んだり、試合の審判に入ってふざけたときはさすがにまじで怒られたね。それでも（たぶん）自他共に認める最強の愛嬌（あいきょう）ゆえに（たぶん）心底嫌われることはなくて、（たぶん）お調子者としては愛されてきた。そして、ユウがいるから、辞めることもなかった。

ユウとは最初から気が合った。仮入部期なんかは、一年はコートで打たせてもらえなくて、外周とかを延々走らされる。先にどんどん行っちまうやつと、後ろの方でだらだら走るやつがいて、オレは後者。で、だらだら走ってると、おんなじようなやつがちょっと前をだらだら走ってるわけだ。

「名前なんだっけ」

追いついて話しかけると、そいつはオレの顔を覚えてなかったみたいで、首を傾げた。

「テニス部っしょ？　オレもテニス部」

「ああ……」

納得した顔をして、そいつが名乗る。

「川木。川木裕吾」

「オレは高瀬隆二（りゅうじ）。よろしく」

それからオレたちはだらだら走る合間に、少しずつ互いの情報を交換した。

ユウがテニス経験者であること。

カノジョはいないこと。

好きな食べ物は麵類全般であること。

でもそばは嫌いなこと。

走るのはあんまり得意じゃないこと。

全体的にゆるい雰囲気で、ノリが軽くて、しゃべればよく笑うやつだった。自分と似たオーラを感じて、オレはそいつに親しみを持った。

それからなんとなく、部活のときは一緒に走ったり、ペアを組んだりするようになって、最終的には二人とも本入部を決めた。

その当時は川木裕吾という男がどれだけ桁外れの選手であるかも知らずに、へらへらと笑い合っていたんだっけ。

＊

「ユウ、これ見たかよ。今週のＧＲＡＴＺ！　やばいぜ」

毎週月曜日と水曜日に、週刊少年誌を学校に持っていくのは習慣みたいになっている。兄貴が無類の漫画好きで、その大量のお下がりを読みながら育ったオレは、少年誌の申し子だ。だいたいの連載作は把握しているし、月曜の深夜に入荷直後の雑誌を並べてくれるコンビニだって知ってる。気に入った漫画は単行本も買うし、部屋の隅の本棚はとっくに容量不足で、平積みタワーの高さは絶賛記録更新中。

最近熱いのは今年の二月から連載している「ＧＲＡＴＺ」というＳＦ漫画だった。

これはオレとユウがとくに推してる作品だけど、ユウは雑誌も単行本も買わないんで、オレに毎週雑誌を持ってこさせる。当然オレは家で一度読んでるんだけど、休み時間に二人で雁首揃えて読むと、また違った発見があっておもしろいのだ。

「見して見して」

ユウがひったくるように雑誌を開いて、ぱらぱらとページをめくり始めた。

椋木という町があって、その町には夏が来ない。他の町には夏が来ているのに、椋木だけは六月が終わると、九月になってしまう。なぜなら椋木の夏は、姿の見えない侵略者・ＧＲＡＴＺとの戦いのため、まったく別の時空間に切り出され、勝利するまで元の時間軸に回帰することができないからだ。夏を知らない主人公が、ひょんなことから夏の椋木に迷い込んでしまい戦争に巻き込まれていく……ＧＲＡＴＺは、パラレルワールドとループものを合わせた、少年誌にしてはハードなＳＦコミックだ。

最初は読者アンケートの順位も低く、オレもユウも注目してなかった。実際、序盤の展開はとろっちく、独特の絵柄も相まって目が滑る。けど主人公が巻き込まれた世界がパラレルワールドで、しかもループ空間だとわかったあたりからは怒濤の展開で目が離せなくなった。アンケートの順位も、最近はずっと上位を維持してる。

ユウはしばらく黙々とページをめくり、オレもその間は黙っていた。やがて静かに雑誌を一度閉じて、ほぅとため息をこぼす。

「……やっぱ」

「だろ？」

オレはにやりとした。

「え、どうなんのこれ。どうすんの」

ユウは再びぱらぱらと雑誌をめくり始めた。オレも繰り返し読んだから、開き癖がついたセンターカラーがぱっと広がる。二周目は二人であぁでもないこうでもないと伏線や、解釈や、来週以降の展開を想像しながら読むのがお決まりだ。

「やっぱりイリスは味方なんじゃね？」

「味方だったら梨花は殺さないだろ」

「でもこれ、イリスが敵のままだとバッドエンドしかねえし」

「いや、ハッピーエンドとか最初から存在してないだろ。ってかこの基地って実在するんだっけ？」

「駐屯地な。ないけど、モデルになってんのは武山じゃないかって言われてるらしい」

「どこ？」

「さあ……横浜だっけ？」

どんなに想像したところで、先の展開を知ってるのは漫画家だけだけど、この時間が楽しい。

「ああくそ。今週は一週間が長ぇなあ」

頭の後ろで手を組んで、椅子の後ろ足に体重をかけながら、ユウが呻く。

「川木ー。ちょっといいかー」

教室の入り口から担任の矢口が顔を覗かせて、三周目に入ろうとしていたユウは「うげ」と顔をしかめた。

「俺なんもしてないっすよ」

「ばか、手続きの件だよ。書類渡すから職員室まで来な」

矢口の顔が引っ込むと、オレはユウに訊ねた。

「書類？」

ユウは遠くを見る目になった。

「ああ……退学のやつな」

え、こいつなんかやらかしたっけ？　と一瞬思ったけど、そうか、海外行くって言ってたな。退学って扱いになるのか……。

ユウは雑誌をオレに返して、「ちょっと行ってくるわ」と席を立った。遠ざかる背中を眺めているると、手の中の雑誌が重みを増した気がした。

ユウがいなくなったら、こうして漫画雑誌を読み回す時間もなくなる。あいつ、GRATZの続き読めなくなるの、わかってんのかな。わかってなさそうだな。オレが言えたことじゃないけど、馬鹿だから。後先なんにも考えてなさそうなんだよな。日本出ていったら、そりゃテニスは上手くなるかもしんないけど、それで考えたらメリットでかいんだろうけど、私生活じゃ絶対デメリットの方がでかい。英語だってしゃべれないし、アメリカじゃラーメンもうどんも食えるかわかんない。あいつ、そういうこと全部わかってない気がする。

今日は放課後練習がある。でもオレは、これをユウと一緒にサボることに決めた。ユウはテニスから少し離れてみるべきだ。そうしたらもっと冷静に、日本に残った方がいいってことが見えてくるはずだ。ちょうどインハイ団体予選が終わったばかりで、ユウのテンションが微妙に低いこともオレの決意を後押しした。こういうときは、遊ぶに限る。

クラスの仲がいい連中と、女子にも数人声をかけて、カラオケでも行こうぜって話になった。ユウを誘うと、「今日練習あるだろ」って言われたので、オレはあらかじめ翼に送っておいたメールを見せる。

「体調が優れないのでオレとユウ、部活休みます」

「おいおい……」

ユウが苦笑いする。ここで怒らないのが、こいつのいいところであり本性だ。オレもにやりとする。

「いつものノリで変な絵文字を入れそうになったけどやめといたの、賢いと思わん？」

「思わん。ってか翼に殺されるぞ」

「へーきへーき」

ずる休みってバレたら、たぶん翼は激怒するけど、そんなのバレなきゃいいだけだ。

「それに桜木さんくるぜ」

桜木というのは、うちのクラスで一番可愛いって噂の女子だ。男子はだいたい下衆い視線を送ってて、お近づきになれるならなりたいよなあと日頃から思ってる。オレとかユウはわりと接点あるけど、脈はねえよな、って思いつつ……まあ思春期の妄想の肥やしにしてるわけだ。

「へえ。珍しいじゃん。彼氏いるからガード堅いって話じゃなかった？」

オレはここぞとばかりに声を潜めた。

「別れたって噂」

「まじで」

　ユウが桜木に惚（ほ）れてるってことはないけど、まあ男子なんてのは、可愛い女子とはお近づきになりたいもんなのさ。

「んー、けど今日ダブルス練習だしなあ……」

　まだ渋るユウに少しいらいらして、オレは思ってもないこと（半分くらいは思ってるかもしれない）を言った。

「別にいいじゃんか。どうせ退部すんだろ、そんなに必死に練習することねえよ」

　ユウは微妙な顔をした。

「俺は……そうかもしんないけど、リュウはいいのかよ」

　ユウがふっとテニスをするときの目になりかけたので、オレは慌てて、

「いいんだよ、オレは別にそんなマジでテニスやってないから」

　口からぽいぽい適当なことを言ってそのままユウを丸め込み、とりあえず学校から連れ出すことには成功した。やれやれ……。

　こう言っちゃなんだけど、ユウはテニスよりカラオケのが上手（うま）いかもしんない。

　オレも結構カラオケは行ってるから自信ある方だけど、周囲に言わせるとユウの方

が上手いらしい。確かに合唱祭とかでも、よく褒められてるんだよな。元々声がいいのかな。ミスチルとかバンプとかサザンとか、往年の名曲を歌わせると確かに上手いなって思う。デュエットとか選曲してもオレ・盛り上げ担当、ユウ・歌唱担当みたいになっちまって、結局あんまり二人で歌わないんだよな。だいたい最後はオレがタンバリン叩いてるだけになる。まあそれでも、テニスほどの置いてけぼり感はないけど。

部の連中とカラオケなんか行ったことないから知らないけど、翼とか石島とかはろくに歌えないだろうし、女子はどうだろうな。日々乃とか絶対歌わないだろうな。宮越と水川は多少付き合ってくれそうだけど、どっちかっていうと後輩の方がノリはよさそう……マネさんはユウとならなんでも歌いそうだ。

なんて考えてたら、翼から着信履歴と、メールの返信が入っていた。

「普通に元気そうだったたって日々乃が言ってるけど」

ちっ。あの女、チクりやがったな。まあオレがユウの分までメールしてる時点で怪しさはムンムンなんだが……。

返信はしない。ずる休みしたときは、オレの経験上、すぐ返信しちまうとボロが出る。こういうのは明日まで待って、本人が怒りにきたときに謝っちまうのが一番いいんだ。

WINDING ROAD を桜木と一緒に歌ってるユウは、楽しそうに見える。普通の、十七歳の高校三年生に見える。これでいいんだ、とオレは思う。これがユウのあるべき姿だ。

海外なんか行かなくたって、高校生活はあと一年もないんだぜ？　ユウは、日本にいるべきなんだ。テニスなら、部で続ければいいじゃないか。せっかくインハイだって本戦決まったんだし。日本一目指せばいいじゃないか。その後はテニスの強い大学へ行って、卒業後は国内でプロになって、それから世界を目指せばいいじゃないか。なんでそれじゃいけないんだ？　オレにはわかんねえよ。

テニスだけが人生じゃないだろ。部活だけが青春じゃないだろ。日々乃とか石島とは違うんだ。あいつらは本当にテニスしかない。テニスに逃げ込んでる。でもユウは違う。ユウにはテニスに逃げ込む必要なんてない。

広く浅く、って言葉が好きだ。

よく言われるせいもあるけど、悪口だと思ったことはない。

広く浅く。大いに結構。だって世界は広いんだ。人生は短い。色々おもしろいことがあるのに、全部経験することはできない。でも、ちょっとずつ、色んなことに手を出すことはできる。

人生を楽しむコツってやつだ。人生なんて語れるほど長く生きちゃいないけど、一つのことに馬鹿みたいに傾倒して、没頭して、それしかできないやつの、何がおもしろいのか、オレにはわかんないね。すげえとは思うけど、おもしろいとは思わない。だからユウにも、そうなってほしくないだけ。

カラオケは夕方六時くらいに解散になって、オレとユウはだらだらと夕暮れ時の町に繰り出した。別に用事なんかないけど、帰るにはちょっと早い時間だ。夏が近づいてきて、最近は日も長い。

「腹減らね？」

そういう話になって、でも金もねえなってことでコンビニ。適当にお菓子と飲み物買って、駅の裏側の団地街にある公園でちまちま摘まむことにした。茜色の夕日が差し込む敷地内には子どもの姿がちらほら、さっきまで誰かが漕いでいたのか揺れているブランコ、鉄棒には誰かの忘れ物らしき薄緑色のパーカーが引っかかって、少し冷たい風にフードが揺れている。オレたちはベンチの上にスナック菓子をばらばらと並べ、その真ん中に赤色の350ml缶を二つ置いた。

翼とか石島はなんの縛りか知らんが絶対炭酸飲まないけど、オレとかユウは平気でコーラとか飲んじまう人間だ。運動部って、なんか炭酸ダメって言われるけどアレなんでなんだろうな。疲労回復に悪いとか言うけど、いまいち根拠がわからない。

ぷしゅっ、と涼しげな音を立てて、独特のにおいが立ち上ると、夏だなーって思う。

まだ五月だけど。インハイ予選は個人も団体も終わって、うちの部はもう残すところ都立対抗のみだ。ぼちぼちあいつらも、炭酸解禁すりゃいいのにな。

「これ、何味？」

オレのポテチを摘まんだユウが顔をしかめていた。

「ん？　わさび」

「あー、なるほど。どうりでツーンときた……」

鼻を摘まんで、舌を出す。

「そんな辛くねえだろ」

とつぶやいてオレも摘まんだら、

「うっ」

鼻に抜ける強烈な刺激。当たり外れがあるな、これ。

「アメリカにはわさび味のポテチあんのかな」

ユウがぽつりとつぶやいたので、オレはぶんぶん首を横に振った。

「ねえよ。ラーメンだってねえし、うどんだってねえし、カラオケだってねえよ」

「カラオケくらいあるんじゃね？」

「どーせ日本の曲は入ってねえだろ」

「ああ……そうか」

ユウは「エアロスミスでも練習しよっかな」なんて呑気に言い出して、コメントしがたいチョイスがらしいっちゃらしいけど……なんかこいつ、本当に日本に未練ねえのかなって思うと、オレはどうにももやもやしちまう。

「桜木さんとカラオケできるのも日本だけだぜ」

なんて付け加えてみる。

「あー……歌上手かったな、桜木さん」

ユウが名残惜しそうな顔をしたので、オレは「おっ」と思った。ちょっとは未練を感じてんのかな。これで桜木と付き合いでもすれば日本に残ってくれたり……しかし、どうにも友だち止まりになりそうだよな、あの二人は。

次はラーメンでも食べにいくか。この町にある、汚くて古くさい、金龍閣ってラーメン屋がオレたちのお気に入り。中華料理屋っぽい名前だけど、やってるのは頑固な日本人のジジイで、味はピカイチだ。うん、今度はそっちに……。

「なにやってんだ、おまえら」

横を向くとウインドブレーカー姿の石島がいて、オレはコーラを噴き出しそうになった。

「おー、テツ……」

ユウが一応挨拶をしたけど、石島の顔はちっとも笑っていない。そうか、失念していた。こういうとき、キレるのは翼もだけど、それ以上にこいつだった。っていうか、なんでここってわかったんだろう。

「体調不良じゃなかったのか？」

睨（にら）まれて、オレはとりあえず定番の愛想笑いを浮かべる。

「あー、そうそう。体調不良で……」

「その割に元気そうだな。カラオケ帰りらしいじゃん」

げっ。カラオケ組の誰かに会ったのか？　そうか、それでこの辺にいるってわかったのか？　口止めしとくべきだったな。

「わりぃ、テツ。俺が、」

「川木は黙ってろ。後で他にも言いたいことがある」

石島の声がいつになく冷徹で、ユウはぴしゃりと口をつぐむ。

「別にいいじゃんか。インハイ予選は終わったんだしさ、ちょっとくらい息抜きしたって……」

代わりにオレが言い訳を口走ると、石島はかっと目を見開いた。

「息抜きなら練習休みの日にやればいいだろ。なんでわざわざ練習を仮病でサボって行くんだ。ふざけるなよ！」

石島の言葉には熱がある。

オレの言葉には決して宿らない熱だ。オレが大嫌いな熱だ。

……ああ、そうだろうよ。

おまえにはわかんねえだろうよ。なんでオレが、わざわざ練習日にユウを連れ出したのか。なんでオレが、ユウをテニスから遠ざけたかったのか。

そんな熱を吐いてしまえるおまえには、絶対わかんねえ。

「聞いてるのか、高瀬！」

石島が名前を呼んだので、オレは渋々やつの顔を見た。

入部当初から変わらない顔。顔に「僕真面目です」って書いてあるような顔。外周を走れって言われて、一切手を抜かずに走る顔。石島はいつだって同じ顔をしている。

オレはこいつが嫌いだ。入部してからこの三年間、ずっと。

「前にも言ったよな。うちは同好会じゃない。好きなときにきて、好きなように練習すればいいわけじゃない。三年のおまえがそんなふうに自由にふらふらしてると、後輩に示しがつかないんだよ」

「あー、そうね、ハイハイ……」

「やる気ないんなら退部しろよ。迷惑だ」

石島の声は凍てついていたけど、そんな台詞は耳たこだった。この三年間で、何度言われたかわからない。いつも苦笑いで誤魔化して済ませてきた。とりあえず口先だけは謝って、モウシマセンと言って、石島が呆れて帰る。それがいつものパターン。

でも今日は、うまく笑えなかった。

「……部活に出るのが、そんなにえらいのかよ」

オレはぽつりとつぶやく。たぶん、ユウには聞こえた。石島には、聞こえなかった。

たかだか高校の部活くらいで、なにそんな真面目ぶってんだ？

テニスが好きでやってんだろ。

遊んでるみたいなもんだろ。

そっちだって遊んでるだけなのにえらそうにしてんじゃねえよ。

自分には部活しかないからって、自分の価値観でさも部活が一番大事みたいに語るんじゃねえよ。

そう思うけど、それがサボる理由にならないことはわかってるから、口にはしない。

けどまあ、オレにとって、部活ってその程度だ。石島や翼にとっては、学校生活において一、二を争うものらしいけど、わっかんねえよ、その気持ちは。オレには、全然、わからねえ。

おまえらが部活を大事にするのはいいさ。けど、その熱意とか、価値観とか、勝手に同じレベルを求められてもな。それができないなら辞めろっていうのも、なんかむかつく。なんでおまえらの方が、正しいことになってるんだ？　なんでおまえらの方が、上なんだ？

「わりぃテツ。俺らが悪かった」

だんまりのオレに代わって、ユウが謝っていた。深く頭を下げたユウの後頭部を、石島はしばらくなんともいえない表情で見下ろしていた。

「……ちゃんとみんなにも謝れよ。それで、二度とするな」

＊

運動神経はいい方で、小学生の頃から足は速かったし、本気でやれば体力テストの数字だって悪くない。どんな球技でも、コツさえ摑めば人並みにはできたし、飲み込み自体も早いほうだった。

その半面、深く極めるのは苦手で、人並み以上にはなれない。言ってみれば器用貧乏で、どんなスポーツでも楽しむことはできたけど、チームのエースとか、レギュラーとか、そういうものにはずっと縁がなく……そして別に、興味もなかったから、どうでもよかった。

ユウのテニスを初めて見たとき、オレはまだラケットの握り方もわかってなかったけど、それでもこいつがむちゃくちゃ上手いんだってことはすぐにわかった。動きに無駄がなく、球質があきらかに他のやつとは違う。それまでオレが知っていたのは外周をだらだら走ったり、顔を真っ赤にして筋トレをしてる姿だったから、経験者とは聞いていたけどここまでとは思わなくて、正直度肝を抜かれた。

そしてなにより、テニスコートに立った途端、ユウは別人だった。

ボールを追う目。

獲物に狙いを定める、狩人（かりゅうど）のような瞳（ひとみ）。

そのとき、彼はコートを支配していた。

コート上において、「川木裕吾」は絶対的だった。

オレがそこそこ打てるようになっても、ユウと打つことはあまりなかった。ユウはいつだって三年生や二年生に混じって、さも当然のようにレギュラー練習に参加していて、他の一年と一緒に基礎練ばかりやらされていたオレとは接点がなかった。

コートの中のユウには近づきがたいと思っていたし、実際コート内ではユウに近づくことはできなかった。

二年になってからは同じクラスで、普段の学校生活での接点が増えた分親密度は増した。そして、それに反比例するように、コートの中での距離は遠ざかっていったように思う。

正直、部活には魅力を感じなくなっていた。当初の「モテそう」という淡い期待は幻想だったし、三年が引退して幹部代になると、翼や石島が練習態度についてうるさくなった。なんとなく、居心地が悪くなったと思った。

退部を考えたことはある。そのたびに、ユウがいるからまあいいか、と思いとどまってきた。それは本当のことだ。

でもそのとき、頭に浮かぶのはなぜかいつも、コートの中のユウなのだ。

*

ずる休みだったことはすぐに部員全体にバレて、でも「また高瀬か……」みたいな空気になると思ってた。後輩には「なにやってんすかー」と普通に笑われ、女子部からは「ばかだねー」と白い目で見られるけど、結局なんとなく受け入れられちまうのがオレのデフォルト。でも、今回はどうにもそういう雰囲気じゃない。

翼に怒られるのはいつものことだけど、どっちかっていうと翼はユウに怒ってたみたいだった。オレが馬鹿やるのはいつものことで、ぶっちゃけ試合に出ないオレがさぼったところでそんなに士気に影響はない。けど、ユウはエースで、三年だ。高瀬の悪ノリに付き合ってんじゃねえとだいぶ絞られたらしい。

そして石島……たぶん、石島が一番キレてた。オレがサボるのは今に始まったこっちゃないけど、ユウがそれに釣られたことがどうにも許せないらしく、こっちもユウの方に怒ってる感じはした。なんていうか、オレのことはもう見放してるのかもな。翼にしてもそうだけど。部長にしろ副部長にしろ、権限を持ってないから、「退部しろ」と言うことはできても強制はできないんだって、いつかマネさんが教えてくれたっけ。別に逆手に取ってるつもりはないけど、あいつらの目にはそういうふうに映ってんのかな。

「馬鹿！　おまえな、空気を読めよ空気を！」

女子部でも比較的ノリのいい宮越香凛は昼休みよく三組にくる。日々乃や水川志保と飯を食いにくるのだ。その宮越がオレのところへずかずかやってきて、ばしばし腹を叩（たた）くんで、オレは食ったばかりの焼きそばパンを戻しそうになった。

「おまえは力加減考えろよ、怪力女！」

「手加減した」

真顔で言うけど、こいつ空手の黒帯なんだ。小学校一緒だったから知ってる。みぞおち殴らせたら筋肉馬鹿の翼でも落ちるね、たぶん。

「いいだろ別に！　練習ばっかじゃ休まるもんも休まらねえじゃん」

「年中休んでるやつがなに言ってんの」

「ばっか、オレの話じゃねえよ。ユウが、」

ばしっ、と頭を叩かれる。いてぇ。

「それは川木が決めることでしょ。あんたがサボらせてどうすんの。あんたが馬鹿やるのはいいけど、人を巻き込むんじゃないの」

宮越は言うだけ言って（というより、殴るだけ殴って）その後は日々乃と水川を連れてユウの方に歩いていった。背後から拳を振り上げ、勢いよく落とす。何も言わずに殴られたユウはまじで痛がってて笑いそうになったけど、その後日々乃に話しかけられて神妙な顔をしていたから、オレとはちょっと対応違うよな、やっぱり。

「馬鹿」の一言で済まされたオレに対し、ユウの方はかなり色々言われたみたいで……あのユウが珍しく静かな顔で頭を下げているのを見て、結局宮越に殴られていたことを笑い話にはできなかった。

翼にしろ、石島にしろ、宮越にしろ、日々乃にしろ、水川にしろ、なんとなく今回はガチで地雷を踏み抜いた感があって、それだけユウがエースとしてチームに絶対的な影響力を持つ存在なんだってことを、オレはまざまざと実感させられた気がした。

オレ一人がサボるより、全然インパクトがでかい。予想してなかったわけじゃないけど、予想よりもずっと大きかったというか。

ユウをテニスから引き剝がそうとしたら、あちこちに生えた根っこがコートにしっかり根付いて、ユウを放さないのだ。

オレは最初から根付いてなんかいない。だからいつだって、辞めることだってできる。でもユウは……

オレはかぶりを振ってその考えを追い出した。

なんだかいらいらする。テニスにも、ユウにも、うちの部員にも、無性にいらいらして、今はテニスになんか、これっぽちも触れたくない。

二回連続で部活をサボったのは初めてだ。さすがにやばいかもな。

けど今コートに立ったところで、ボールなんか目に入りやしない。ユウのプレーなんか見てしまった日には、なんか折れてしまいそうな気がする。なにが？　自分でもよくわからないけど。

憎いくらいに青く晴れた初夏の日だった。あのテニス馬鹿共はこぞってテニス日和だとか言い出すんだろうな、と思うとまたむかむかしてきて、足早に駅まで出て、今日は一人だし、ゲーセンで暇つぶしでもすっかなーと思いながら大通りをぶらつく。ラケットの入った袋が重い。使わないなら持ってこなきゃよかった。そういえば新しいグリップに替えたいと思ってたんだけど、時間があるとはいえ今行くのも癪だな、もう必要ないかもしれないし……。

「あれ、高瀬？」

オレは顔を上げて、「うわあ」ととんだ挨拶を口走ってしまった。

OBの、田崎先輩だった。オレが一年のときの三年生だから、学年は二つ上。面倒見がよくて、遅刻常習犯のオレのことも根気強く指導してくれた大先輩だ。今は大学生で、卒業後も夏休みの練習なんかにはよく顔を出して、色々教えてくれる。オレも去年は、どうにも苦手なボレーの練習にかなり付き合ってもらったものだった。

「おまえ、練習は？」

「あー……」

誤魔化そうと思ったけど、この人相手じゃたぶん無理だなと思って、オレは苦笑いをした。

「サボりっす」

「またかよー。おまえもこりねえなあ」

田崎先輩は怒りたそうな顔をしたが、「もう部員じゃねえしな」と言って、頭をかく。

立ち話もなんだから、と近くのマックに入って、奢ってくれるって言うから遠慮なくたかることにした。いつ見ても春巻きみたいなアップルパイとコーヒー。田崎先輩は選ぶのがめんどくさかったのか、同じものを頼んだ。微妙な時間の割にテーブル席はいっぱいで、大通りの窓に面したカウンター席に横並びに座る。

「おまえ、今年三年だろ。サボっていいのか？」

席に座るなり言われて、オレはにっこりした。

「いやー、よくないっすねー。明日翼に殺されるっす」

「山本も苦労するなあ、おまえみたいなのが同期で」

田崎先輩は懐かしそうな目になった。オレもちょっと昔を思い出す。

田崎先輩の試合で、審判をふざけたことがあった。公式戦じゃないし、対外試合でもない、ただの部内戦だから、許されるだろうと思って……まあ、内容は今となっては黒歴史だから触れないが、結果として田崎先輩には死ぬほど怒られた。この人は、翼と違って感情的に怒鳴ったりしない。石島みたいに、理詰めでネチネチくるわけでもない。ただ、目を逸らすことを許さないのだ。自分がやったことが、間違っていたと、はっきり自覚させられるまで、逃がさない。そんな感じ。

だからこの人がいる間は、オレも遅刻とか、サボりはしなかった。いなくなってから羽を伸ばし始めて、三年になる頃にはもうぐだぐだになっちまったけど、今の部にこの人が残っていたら……いや。

「川木がインハイ出場決めたらしいな」

「ああ、そうっすね」

オレは淡泊に相づちを打った。

「けど、あいつ海外行くんすよ」

思い出して付け加えると、田崎先輩はうなずく。

「ああ、聞いてる」

なんだ。まあでもそうか、この人なら現役部員の誰かしらとパイプはあるよな……。

田崎先輩は、どう思ってるんだろう。この人も上手かったし、在学中のユウとの戦績は五分だった(ユウはブランク込みだけど)けど、インハイには出れなかったよな。そのインハイに出れるユウが、その権利を捨ててまで、海外へ行くこと。

訊いてみたい、と思った。だから自分の考えを、しゃべることにした。

「オレは、よくわかんねェンですよ。なんで今、あいつがせっかく勝ち取ったインハイ捨ててまで海外いかなきゃなんないのか……周囲はみんな行くべきって思ってる。テニスのこと考えたら、オレだってそうだとは思いますよ。けど、あいつの人生、テニスだけなわけじゃないじゃないですか」

「そうだな。まあ、苦労はするだろうなあ……でもあいつ自身が選んだことなら、しょうがないんじゃないか?」

「ユウは、そんな考えちゃいないんですよ。日本出た後の生活なんか、絶対想像できてない。あいつの目には、海外でのことはテニスしか映ってない」

「川木らしいな」

田崎先輩が笑うので、オレはむきになった。

「わかんねえんすよ。あいつがプロになるっていうの。全然似合わないっつーか」

「そうか？」

「あいつ馬鹿なんですよ。オレが部活サボろうぜって言ったら、渋りつつ結局ついてくるようなやつなんですよ。それで石島と喧嘩（けんか）になったし」

「なにやってんだよ、おまえら」

田崎先輩はゲラゲラ笑っている。だめだ、この人完全に他人事（ひとごと）だ。

「縛られるのが嫌いなんす」

オレは必死に訴えた。

「狭く深くなんて、つまんないじゃないですか。そりゃあ、テニスしかないやつだっていいますよ。そういうやつは狭い世界でそれだけに浸って楽しんでりゃいい。でもユウは違う。あいつはちゃんと広く浅く楽しめるやつなんす。それなのに、テニスに縛られて、まるでそれしかないみたいな人生、かわいそうっつーか……」

「じゃあおまえも、サボったりするわりになんでテニス部辞めないんだ？　それこそ似合わないだろ」

オレは口を開ける。

言い返す言葉なんて、いくらでもあるはずだった。

でも田崎先輩の目を見ていると、いくら待てども何も言葉は出てこなかった。

……なんで？

「狭く深くがつまらないってのは、おまえの偏見だよ。石島にしてみりゃ、広く浅くなんてつまんないって思ってるのかもしれないし、それはそれで偏見だけどな。昔から、おまえらの悪いところはお互いの価値観を認めないとこだよ。その点、川木は柔軟でいいと思うけどな。あいつ、その辺ハイブリッドだよな」

田崎先輩は、まるで今日までのオレらをずっと見てきたように言う。

「狭く深くも楽しいぞ。おまえがつまんないって思うのは、やったことがないからだよ。自分にはできないと思ってるからだよ。できないことが実はすごい楽しかったら悔しいだろ。だからそういうことにしてるんだよ、自分でな」

狭く深くを、やってこなかった？

それは、そうしたくてしてきたわけじゃない。オレはそこまでしか、いけないんだ。いつだってそうだった。だから深く極めるなんて、考えたこともなかっただけ。

「そんなこたァ……」

「ないか？　ならいいよ」

田崎先輩は笑って、手を伸ばすとオレの頭をぐしゃっとかき回した。なんだか見透かされているような目だと思う。オレよりも、オレのことが見えているような、深い瞳。

「まあでも、おまえはたぶん、一度狭く深くやってみたら、おもしろいことになる気がするよ」

*

田崎先輩に何を言われたって、部員がどう思っていたって、オレの考えは変わらない。ユウは海外へ行く必要なんかない。今だって、そう思うけど。

オレ、朝練に出たことがないんだ。朝弱いわけじゃないけど、朝から汗臭い状態で授業なんか受けたくねえじゃん。ユウも朝練にはそんなに出ない。よく出てるのは翼、石島、日々乃……あと宮越も、わりと出てるな。二年もぽつぽつ。

なんで知ってるかって、毎日見てるからだ。オレが学校に来るのはだいたい朝八時十五分で、教室は三階にあって、中央階段の踊り場からはちょうどコートが見えるのだ。

石島はいつもサーブを打ってる。だいたい端っこのDコート。日々乃と宮越、水川はセットで、Cのことが多い。Aはだいたい翼と二年が使ってるけど……あ。

今日はユウがいる。

Bコートに、ユウがいた。翼とラリーをしている。

うちの部のナンバー1とナンバー2だけど、その実力差は悲しいほどに開いてる。傍から見てもわかっちまう。試合じゃいい勝負することもあるけど、戦績で見たら、翼はユウに勝ったことがないはずだ。

パワーは翼の方があるはずなのに、ユウがラリーで打ち負けることはあまりない。上から見ているとよくわかるけど、ユウのボールはなんか外側に逃げてく感じがする。糸かなんかがついてて、ユウに自在に操られてるんじゃないかってくらい、曲がる。翼がひたすらに振り回されている。なんか、犬みたいだと思う。

オレはユウと真正面から打ったことはほとんどない。勝負にならないし、続かない。実力差がありすぎる。今の三年の中で、オレだけが、公式戦に出たことがない。別にそれを僻んだことはないけど、今日はなんだか少し……

ふっとユウがラリーをやめて、翼に何か話しかけた。翼が応じて、Dコートの石島を手招きしている。三人がコートに集まって、しばらく何か話していた。ふっとその顔がほころんで、三人が笑い合う。

オレはそれを、窓ガラス越しに一人見下ろしていた。

目と鼻の先のはずのテニスコートが、なぜかひどく遠い場所に見えた。

週末、きちんと練習が休みの日に、ユウから連絡があって、ちょっと話そうって。ここんとこずっと練習をサボって、教室でもちょっとユウを避け気味だったから、話題はなんとなくわかる。翼からもメールがんがんきてたしな。そろそろいい加減にしろって話だろうな。その先鋒としてユウを寄越したのは、最終勧告ってとこだろうか。

駅前で待ち合わせて、まあいきなり重い話もなんだし、って口裏合わせたわけでもないけど、とりあえずラーメン食おうってことになった。ちょうど昼時だし、オレとしては日本への未練を感じさせる作戦は継続中だ。

ユウは醤油派。オレは味噌派。最近のラーメン屋って、醤油専門、味噌専門、豚骨専門って感じで、全種類置いてるとこはあんまない気がする。全部置いてあるとこはだいたい全部中途半端な味がする。でも金龍閣は、醤油も味噌も美味い。

意外ってよく言われるけどオレはわりと小食で、食の細そうなユウはあほみたいに食える。食えるってだけで、別に毎日ドカ弁食べてるわけでもないけど、ラーメンはだいたい大盛か替え玉。麺好きだからな。ここは替え玉システムはないから、いつも大盛にしてる。「あんたは?」とぶっきらぼうな店主に訊かれて、普通で、と言いかけたけどなんの意地か口から「大盛で」と突いて出た。

「へえ。珍しい」

ユウが笑った。

「朝飯食ってないんだよ」

それは嘘じゃなかったけど、別に朝飯抜きだってラーメンは普通盛りで腹いっぱいになっちまうのに。

とりあえずはなんでもない話をした。練習のことには触れない。テニスにも触れない。っていうか思えば、オレとユウでテニスの話したことないな。漫画のこと、テレビのこと、好みの女優……くだらない話で盛り上がってるうちに、ラーメンのどんぶりが二つ、カウンターに置かれた。

「いただきます」

今日は曇り気味で、さっきまで小雨もぱらついていたけど蒸し暑くて、味噌ラーメンって気候じゃない。大して冷房もきいてないボロ店舗はスープの寸胴の熱気でむっと蒸し暑く、熱々のスープをちょっと啜ったただけで額に汗が浮かぶ。熱いけど、味噌の塩気に肉と野菜の甘みが絡んでうまい。はふはふ麺を啜りつつ横目にユウを見ると、ふと春休みのことを思い出した。そういえば海外行きの話を最初にされたのもラーメン屋だったな。ここじゃなかったけど。

「翼がさ」

半分ほど食べ進めたところで、ユウが本題を投げてきた。

「辞めるならはっきりしろって。引退までこのままずるずるで終わらせるのは後味悪いし、後輩にもよくないって」

オレは箸を止めた。ユウのどんぶりはもう三分の一くらいまで減っているように見える。こっちの腹具合はぼちぼち怪しい。店主のオヤジの視線が怖い。あんまり派手に残すとキレるんだよな、あのジジイ。

「テツはまあ、かなり怒ってるけど、ちゃんとやるって約束できるなら戻るのは構わんってさ。白石と澤登も戻ってほしいって言ってるし、一年もさ、ムードメーカーがいないとなんか落ち着かないみたいで、」

「ユウは？」

オレはぽつりと訊いていた。

訊いてしまってから、馬鹿なことを訊いたと思った。

「やっぱ今のナシ」

聞かなかったことにしてくれたのか、ユウは黙ったままレンゲでスープを掬った。

オレも箸でごそっと麺を持ち上げ、勢いよく啜り上げる。腹いてえ。

ちょうどお互いの咀嚼の切れ間が重なったタイミングで、ユウがぽつりと言った。

「途中で辞めると、後味悪くなるよ」

他人事みたいにそんなことを言うものだから、思わず言っちまった。

「おまえはどうなんだよ。後味悪くねえの？　ってか海外行きどう思ってんの？　部活とか日本とか、未練ねえの？　ＧＲＡＴＺの続きだって読めなくなるんだぜ」

ああ。

とうとう訊いてしまった。

訊いてしまうと、なんで今まで訊かなかったのかがわかった。怖かったのだ。答えを聞くのが。

日本に未練がない。

そう断言されたら、ユウが遠い存在になる。それはつまり、ユウが広く浅く派じゃなくて、狭く深く派だってことになるからだ。テニスの方が大事ってことになるからだ。翼や石島と、同じだってことになるからだ。

気が合う友人が、急に違う次元の存在だと告げられるみたいで、嫌なのだ。

「未練はあるさあ」

ユウがどんぶりを置いてほぅ、とため息をついたので、オレは身を乗り出した。

「だったら、」

「けどさ。俺、まだ上手くなれんのかなって思ったら、ワクワクする」

オレは言いかけた言葉の続きを見失う。

ずっと、川木裕吾の本当の姿は教室での、へらへら笑って、ノリがよくて、馬鹿話ができて、ＧＲＡＴＺで毎週盛り上がれるユウなんだと思ってた。……思おうとしていた、って言った方が、今となっては正しいのかもしれない。

オレは箸を置いた。味噌ラーメンにしといてよかったと思った。どんぶりの濁った味噌スープは自分の顔を映さない。醤油だったら、情けない顔をした自分が見えてしまったかもしれない。

「……そうか」

たぶん、ずっとわかってはいたんだ。認めたくなかっただけ。

ユウがこっち側の人間だと、思いたかった。自分と同じだと思いたかった。一番気の合う友人が、自分と正反対の世界の人間だと、思いたくなかった。だってそんなの知ってしまったら、惨めになる。

広く浅くは悪いことじゃない。でも、オレはそれを、狭く深くを蔑むための概念として正当化してきた。狭く深くなんてつまらない。テニスだけに人生を捧げるなんて馬鹿げてる。自分のほうが正しく、世界を楽しんでいるんだって。その価値観を、ユウにも押し付けてきた。

でも……日本でうまいラーメン食うよりも、美人の桜木とカラオケ歌うよりも、佳境のＧＲＡＴＺよりも、こいつはテニスにおける自分の可能性にわくわくしているのだ。

そんなの、もう、どうしようもないじゃないか。

「……ったく、羨ましいぜ」

オレが苦笑いをこぼすと、ユウが首を傾げた。

「なにが?」

「嫉妬するって話だよ」

ユウが顔をしかめた。

「俺なんか別に大した選手じゃ……」

「違う違う、テニスが上手いことにじゃなくってさ。そんなにも夢中になれるものがあるってこと、すげーなって思うし羨ましいなってハナシ」

ユウは、川木裕吾は目を丸くする。

そんなふうに思われてるなんて、思わなかったのかもな。確かにユウに嫉妬するやつは、だいたいそのテニスの天才的なセンスに嫉妬する。でもオレはそうじゃないんだ。広く浅く、なんでも楽しめる、なんでも選べるのに、それでもなおたった一つを選んじまう、それほどにまで夢中になれる何かを見つけてることが、この上なく羨ましいんだよ。

「俺なんか、結構適当だよ」

やがてユウは、照れ臭そうにそんなふうに言った。

「高校だって、私立の強いところ何カ所か声かけられてたけど、結局行かなかったしさ。正直、限界だろうって思ってた。これ以上上手くなれないだろうって。でも……」

ユウは醤油（しょうゆ）スープの水面（みなも）を見つめている。そこにはたぶん、ユウの顔がぼんやり歪（ゆが）んで映っている。歪んでいるけれどきっと、瞳（ひとみ）には鋭い光が宿っている。

「高校三年間このチームでやってきて、なんかまだ上いけるなって。それは、たぶんこのチームじゃなきゃだめだった。俺に足りないもの、いろんなやつからもらったと思う」

「オレはあげてないぜ」

そう言うと、ユウはにやりとした。

「ＧＲＡＴＺ読ませてくれたじゃん」

「歩くコミック扱いすんな！」

オレたちは顔を見合わせて、どちらからともなくだらしなく笑う。まったく、三年近くの付き合いなのに、未（いま）だにただの馬鹿なんだかいいやつなんだかわかんねえや。

……ああ、そうだ。馬鹿と言えば。

「悪かったな。部活サボらして」

スープの底からチャーシューの欠片を発掘していたユウが、ぼんやりした顔になった。

「ああ……いいよ、あれは。俺が怒られたのは百パーセント俺のせいだし」

「いや、オレが言うのもなんだけどさ、断ってくれりゃよかったのに」

「んー……リュウとバカやんのも最後かなって思ったら、なんか急にセンチになっちゃってさ」

ユウがしみじみ言うので、オレは笑う。

「お。じゃあもう一回くらいやっとく？」

ユウも笑って手を振った。

「もうやらないよ。最初で最後。いろんなやつに刺されるし」

まあ、そうだろうな。エースとして、やっちゃいけないことだってのは本人が一番わかってたんだろう。オレだってわかってる。それでもオレは、おまえがバカに付き合ってくれたの、嬉しかったよ。言わないけどさ。

温く（ぬる）なった味噌（みそ）ラーメンを意地のようにがつがつと平らげて、ちびちび水を舐（な）めながら待っていたユウと一緒に店を出た。まだ小雨が降っていたけど、晴れ間も覗（のぞ）いている。狐の嫁入りなんて久しぶりに見たな。

駅まで一緒に歩いて、別れ際、ユウがふと思い出したようにこう言った。

「リュウも本気出してみりゃいいじゃん。俺、リュウはセンスあると思うよ」

「はあ？　無理無理。オレ、器用貧乏だもん。広く浅く人並みに、がポリシーなんだから」

「人並みになれるってことは、その先があるんだよ」

と、ユウは当たり前のように言った。

それは、言葉は違ったけれど、田崎先輩に言われたのと同じことのように聞こえた。

「オレがユウに勝つ可能性も？」

冗談で訊いたのに、ユウは真顔だった。真顔で、コートで見せるときの、あの鋭い目をしていた。

「あるね。そんなもんは、いくらでもある」

*

いつもより三十分早く起きただけなのにあくびが止まらなくて、信号待ちの間中大口を開けていたら、埃っぽい匂いが肺にたっぷりなだれ込んできた。週末に降った雨がまだアスファルトを湿らせていて、朝の空気は少しひんやりとして冷たい。梅雨のじめじめとした雰囲気が、信号機にまでこびりついている感じがする。

朝七時五十分。こんなに早く学校来たことねえや。開いてんのかな、と思った校門はちゃんと開いてて、グラウンドからは野球部の掛け声が聞こえた。いや、サッカー部かな？　普段グラウンドをあんまり見ないからわからない。テニスコートは、校舎を挟んで校庭の反対側にあるのだ。

まだ誰もいないだろうと思ったのに、コートに着いたら石島がいた。すでにウェアに着替えて、シューズの紐を念入りに締めている。足音は聞こえたはずだけど、まあオレだとは思わないか。

「はえーな、おまえ」

声をかけると、石島はまるで幽霊でも見たような顔をした。

「……なにしにきたんだよ」

「朝練以外にあるかよ、この格好で」

オレは上下ウインドブレーカーを着て、その下はすでにウェアだ。学校来てから着替えんのもだりぃし、家から着てきたんだ。

「……頭でも打ったのか？」

石島は困惑と怒りの入り交じった目つきでオレを見る。

「うるせえ。どうせ一人でサーブだろ、混ぜろよ」

唸るように言って、ラケットを取り出した。シューズに履き替えて紐を締め、さすがに暑いだろうと思ってウインドブレーカーを脱ぐ。石島もどうやらオレが冗談のつもりでないことはわかったようで、何も言わずに立ち上がった。

石島がむすっとしながらボールのカートを取りにいったので、オレはDコートのネットを上げた。クランクでネットを巻くのは、ずいぶん久しぶりだ。放課後練習でコート準備は一年の仕事だから、先輩になるとやる機会がないのだ。

「本当にサーブやるのか？」

カートを押してきた石島が真顔で訊いたので、オレは首を傾げた。

「オレは別に球出しでもラリーでもいいけど？」

「なんでもいいのかよ……目的なくこられても邪魔なんだが……」

とか言いつつ、石島が的用のコーンを並べ始めた位置はエンドライン近くだったので、どうも球出しするつもりのようだ。

「ってかアップしねえの？」

うちの部の練習前のアップは、ショートラリー、ボレーボレー、ロングラリーをローテで軽く回す程度だけど、オレはそれが練習のスイッチみたいになってて、やらないといまいちすわりが悪い。

「あ、そうか。二人いたらできるのか……」

石島がぼんやりつぶやいて、そそくさネットの向こうに歩いていった。ああそうか、こいつっいつも朝一人でサーブ打ってるから、アップやってないんだ。ショートラリーにしろボレーボレーにしろ、一人じゃできないもんな。準備体操して、肩回すくらい？　朝練皆勤賞のわりに、不憫で不器用なやつだよなあ……などと思いながらラリーを始める。

朝のテニスって、不思議な感じだ。

合宿とかは強制朝練あったけど、それ以外じゃこんな時間にテニスやったことない。土日の午前練習だって、九時とかだし。でもボールを打ってると、さっきまであくびが止まらなかったのが嘘みたいに頭がすっきりとして、ラケットを振るたびに冴えていく。朝って一番集中力あるんだっけな。確かに練習には向いてるのかも。

石島のボールは淡々と返ってくる。こいつのテニスはずっとこうだ。おもしろみがなくて、単調で、淡泊で……でもいつだって、必ず同じように返ってくる。それってすごいことなのかもしれないとふと思う。オレのボールなんて、いつもあっち行ったりこっち行ったり、狙ったところになんか飛びやしない……。

「相変わらず打ちにくいボールだな」

石島が文句を言った。

「テニスサイボーグに言われたくない」

ボールと一緒にやり返す。

ポン……ポコン……ポン……パコン……テンポの悪い打球音がコートにこだまする。

五分くらいして、少しリズムがよくなってきた頃、

「あれ？」

背後から声がした。そっちはコートの入り口がある。振り向けなかったけど、声でわかった。ユウだ。

「珍しい……ってか、初めて見たわ、リュウが朝練にいんの」

「頭でも打ったのか？」

これは翼の声。石島と同じこと言いやがる。

「オレは頭打たないと朝練来ちゃいけねえのかよ」

振り向かないままぶつくさ言いながら、八つ当たりするように適当なボールを返した。石島が舌打ちしてボールを追いかける。

ユウと翼がコートに入ってきて、同時にAコートで日々乃と宮越がネットを上げ始めた。「ちわす！」と澤登の声がする。二年、一年もぼちぼち集まってきたようだ。四面しかないコートが、よくもまあ朝っぱら埋まるもんだ。「あれ、高瀬先輩？」「川木先輩もいる」「三年男子が四人いるの珍しいね」悪目立ちしてるな、どうも。

「せっかく四人いるんだ、ダブルスやろうぜ」

同じコートで翼とアップしていたユウが唐突に言った。

「は？」と翼。

「やだ」と石島。

「なんで」とオレ。

っ た。

「ノリ悪いなあ」

と、ユウがにやにや笑った。なに笑ってンだよ？

誰も「よし、やるか」とはならないまま、無言のラリーが続いた。

少し汗が滲（にじ）んだ手のひらに、新しくしたグリップテープが馴染（なじ）んできたのがわかった。

ああ、気持ちいいな。

新しいグリップって気持ちいいんだ。

手とラケットが一体になったみたいだ。

いつもより、ボールのインパクトを強く感じる。

しっかりと球に回転とパワーを伝えられている感じがする。

ラリーのボールの軌道が安定してきた。今日はボールがよく伸びる。よく弾む。

でも隣を見ると、ユウがボールを打っていて、はっとするんだ。相変わらず綺麗（きれい）な弾道。安定した球質。石島の安定感とは違う。ユウのボールはもっと、ずっしりと、みっちりと詰まっている。あいつがコート上で過ごしてきた時間が圧縮されて、中に込められてる。久しぶりに間近で見て、背筋がぞわりとした。なんて美しいフォームなんだろう。

同じ部でも、常にレギュラーメンバーでチームナンバー1のユウと打つ機会は少ない。

「いいぜ。やろう、ダブルス」

オレが急にノると、ユウがにやりとした。

「じゃあ、オレと翼ペアな。リュウとテツペア」

「は？」

「やだ」

「なんで！」

そこはフツー、オレとユウだろうがよ、実力的に考えても！

「ノリ悪いなあ」

またユウがにやにやとそう言って、その顔を見てるとなんだかオレもへらっと笑っちまって、よくよく見たら翼もなんか苦笑しているし……石島はやれやれとでも言いたげに頭を振りながら、その目は少しきらきらとしている。笑ってる？　笑ってるな？

「いいよ、やろう」

オレが繰り返して、ユウがうなずいた。翼が渋々うなずいた。石島もたぶん、うなずいた。よし、GO、GO！

慣れないペアでのダブルスは馬鹿みたいに騒々しくて、あのコートはなにをやってるんだと悪い意味で注目されながら、ふっと思ったんだ――どうやらテニス馬鹿ってやつも、伝染するのかもしれないな。

もうこれ以上、削らないで

　裕吾が海外へ行くつもりだ、という話は、山本からメールで聞いた。

「えっ。聞いてない。いつの話？」

「俺らも今日聞いた。練習の後、ラーメン食ってたら急にな。そうか、浅井にも言ってなかったんだな」

　すぐさま裕吾に問いただすメールを打とうとしたけど、返事を待てる気がしなくて、電話に切り替えた。

　十回コールが鳴っても出ない。予想の範疇だったけど、なんだか妙に気持ちが萎えてしまって、メールを打つ気力は残らなかった。

　テニスが上手いのは知ってる。この三年、嫌ってほどコートの外から見てきた。私はテニスは全然できないけど、ビデオとかはよく撮っていたし、スコアを記録したりもしてる。だから裕吾のプレーは、人一倍見ているつもり。

　海外のテニスアカデミーからのお誘い。それはきっと、ものすごいことだ。

　だけどただでさえ、コートを囲う高いフェンスに隔てられて、遠い存在に感じるあいつ……海外なんか行ってしまったら、もう一生手が届かないんじゃないかって気がして、胸が苦しくなる。

＊

再会したのは二年前。もともと幼稚園が一緒で、親同士が仲良くて、家は特に近所でもなかったけどよく遊んだらしい。私は全然覚えてなかったけれど、一緒に作ったレゴブロックとか、公園の砂場遊びとか、そういう写真は確かに何枚か残っていて、そこに写っている裕吾は今とは似ても似つかない小さな男の子の姿をしている。

高校入学と同時に同じクラスになったけど、私は川木裕吾という名前を聞いても全然ピンとこなかった。背は特別高いわけでもないけれど、大概の女子からすれば見上げるほどの背丈で、手足が長いせいか、実際の身長よりも大きく見える。少し癖のある髪の毛がいつも寝ぐせみたいに跳ねていて、やわらかそうなその毛質に似合うやわらかい顔で笑う男の子だった。

「浅井サン」

最初に声をかけられたのは、物理室の掃除のとき。

「ん？」

川木、という名前も曖昧(あいまい)にしか覚えてなかった私は、なんだろうと思って普通に首を傾げる。

「あ、それは覚えてない顔だな」

と、突然そんなことを言われて、どきりとして箒を動かす手を止めた。

「なんの話？」

「幼稚園、春美台でしょ。同じだったし、何度か一緒に遊んだことあるはずなんだけど……」

そこまで言われて、私はようやく彼の名前が川木裕吾だったことを思い出して、必死に記憶に検索をかける。

「……ウーン、ごめん。あんまり覚えてないや」

正直に言うと、全然覚えてなかった。目の前のひょろりとした男子のかつての顔を、卒園アルバムの中に見つけられる気もしない。

「あー、いや、気にせんで」

当の川木は、へらっと笑っていた。

「実を言うと俺も覚えてなくてさ。親同士が知り合いらしくて、同じ高校で同じクラスだって言われたから、訊いてみただけ」

「なーんだ」

私も釣られてへらっと笑った。覚えていなかったことへの申し訳なさがゲンキンに霧散する。

「まあ、覚えてないよな。十年前とかだし」

「うん。っていうかごめん、覚えてたらむしろそっちの方が引いた」

「それな。まあ、一応同郷のよしみってことで声かけてみた。ってわけで、よろしく」

「はーい。よろしく」

なんとなく軽い感じで、チャラいってほどでもないけど、どことなく運動部っぽいノリ。そのときは勝手にバレー部かな？　なんて思っていた。背高く見えたから。手足も長いし、高くジャンプしそうだなって。


卒園アルバムの中に、確かに川木裕吾は存在した。こうして見てみると、面影は少し残っているかもしれない。お母さんに訊いてみたら、「あら、仲良かったじゃない」なんて言われて、それで色々写真が出てきたんだけど、残念ながら記憶に直結するようなものはなかった。

彼とは学区が違ったので、それで小・中学校が一緒にならなかったみたいだった。幼稚園で遊んでいたのは所詮親の縁、同じ小学校に進んだ園児とだって卒園後全員と仲良くしていたわけじゃない。ましてや学校が違ったら、よほど仲が良かった子でもなければ、記憶になんか残らない。誰だって、一生の間に出会ったすべての人間のことを覚えていられるわけじゃないのだ。

だから私たちの再会は〝再会〟というほどにドラマチックではなかったし、ほとんど友だちを新しくやり直す感じに近かった。そのきっかけが、自覚のない幼馴染だったというだけ。

高校一年の私たちはどっちも結構さばさばしていて、男子にも女子にも隔たりなく接していたから、お互いに対しても自然とそういう感じになった。

「おはよ」

「おー、ハヨ」

昇降口で会えば普通に挨拶をし、

「浅井さん、ノート貸して」

「自分で取りなよ」

とか言いつつ数学のノートを貸してやり、

「あ、なにそれ」

「ポッキーの新味」

「ちょーだい」

「あげなーい」

お菓子は気が向かなきゃ分けてあげないけど、たまに分けてあげなくもない。

すごく仲がいいってわけでもないけど、顔を合わせば挨拶はする。話せば普通に盛り上がる。高校一年の四月ってことを考えたら、結構仲良かったのかもしれない。中学どころか小学校も違ったし、幼稚園の頃の付き合いなんかお互いちっとも覚えていなかったのに、なんか不思議な感じだった。

四月が終わる頃になっても、私は部活を決めていなかった。何カ所か見学には行った。陸上と、吹奏楽と、水泳。水泳はもともとずっとやってて、泳ぐのは得意だ。でも特別速いわけじゃないから、インターハイとか、そういうの目指したいとは思っていなくて、高校からは別のことをやろうかなと思って吹部と陸上。だけど、どっちもそんなにしっくりこなくて決めかねている。

友だちはみんな、すでに何かしらの部活を決めてて、決まってないならおいでよーとあちこちからお誘いももらってて、まあこの際そのどれかでもいいかなと思ってた。

川木がテニス部だと知ったのは、そんな折だった。「いやいや、前に言ったけど」と本人に言われて、そうだっけなと思い返すけどいまいち記憶にない。

「ふーん。川木くんテニスなんだ。意外」

私がそうコメントすると、彼は首を傾げた。

「そう？」

「うん。バレーかと思ってた。ラケット持ってなかったし」

「あー、一年は最初、走ったりトレーニングばっかで全然打たせてもらえないから、持ってこないんだよ。重いし」

「でも今日は持ってきてるんだね」

今日の川木は大きなラケットバッグを背負って学校に来ていた。それを見ると、確かにテニス部なんだなあと思う。

「今日から打たせてもらえるんだ」

と、川木は嬉しそうに言った。あ、この顔知ってる。音楽好きの友だちが、所属している吹奏楽部のこと話すとき、いつもこんな顔してる。

「そうなんだ。じゃあ今日から本格始動？」

「そんな感じ。浅井さんは、まだ部活決まらんの？」

「決まらんねえ。もうなんでもいいかなって」

私は窓枠に顎をついてつぶやいた。

放課後の校庭で、サッカー部がゴールを動かしている。各部のジャージや、ウェア姿の生徒が、それぞれの活動場所に向かって歩いていくのが見える。もうすぐゴールデンウィーク、仮入部期間が終わってしまう。風に乗ってどこからともなくひらひらと飛んできたのんびり屋の桜の花びらが、まるで自分のような気がして、ついつい目で追ってしまう。

「テニスは？」

　と訊かれて、私は手をひらひら振った。

「無理。球技音痴なの」

「なんでもよくはねえじゃん」

　川木が笑って、じゃ部活行くわ、と重たそうなバッグをひょいと背負い上げた。

「いってらっしゃい」

　なんとなく教室から出ていく後ろ姿を見送っていると、ラケットバッグを背負った背中が、ふいっと振り返った。

「あ、そうだ」

　いつもへらへらと緩い川木が珍しく、なんだか真剣な目をしていた。

「浅井さんさ、テニス部のマネージャーやらない？」

「へ？」

　意外な申し出に、私はきょとんとした。

「暇なら観にきなよ。テニスって、後ろから見るより横から見る方がおすすめ」

　妙なことを言い残して、またいつものへらっとした笑みを浮かべて、川木は去っていった。

──後ろから見るより横から見る方がおすすめ。

その言葉が妙に頭の隅に引っかかっていて、気がつくと私はコートへ足を運んでいた。昇降口を出て、校舎をぐるりと回り込むように校庭の反対側へ。自転車組は駐輪場があるからこっちまで来るけど、そうじゃない生徒はなかなかコートの方には来ないから、なんか新鮮だ。屋根付きのエリアと、そうじゃないところがあって、屋根付きのところには群がるようにチャリが詰め込まれていた。別に今日雨降らないんだから、剝き出しのところだっていいだろうに。

黒いアスファルトの上に点々と散った桜の花びらを踏みつけながら、少しむずむずする鼻を啜って、最後の自転車の列を曲がり込む。遠くからも見えていた背の高いフェンスが視界いっぱいに広がり、威勢のいい運動部特有の声出しが聞こえてきた。「ナイスボール！」「ジャストー」「ナイスボールでーす！」ナイスボールはわかるけど、ジャストってなんだろう。

ぼんやり思いながらコートに近づくと、フェンスにはなにやら目の細かい緑色のネットみたいなものが巻かれていて、中がよく見えなかった。なんだろう、これ。目隠し？　あちこち破れて、隙間に黒ずんだボールが挟まったりしていて、見てくれはすごく悪い。

目を凝らして中を見ると、川木が言ったところの「後ろから見る」角度になっていた。打っている部員たちの背中が見える。ラケットを振るたび、ボールがぽーんと飛んでいく。女の子の声も聞こえると思ったら、半分は女子だった。そうか、女子部もあるんだ。バスケとかバレーは、男バス、女バレって分かれていたけど、テニスはどうなんだろう。コートは分かれてるみたいだけど、練習は一緒なのかな。

　しばらく観察してから、川木を探した。今日から打てるって言ってたから、どこかにはいるはずだ。

　テニス部って、結構みんな背が高いんだな……と思いながら二十秒くらいきょろきょろして……あ、あれかな。たぶんあれだ。でも、コートの反対側にいる。こっちからだと、よく見えないな。

　私は川木に言われた通り、コートを横から見る位置に移動した。こっち側にも緑のネットは巻かれているけど、大きい裂け目が一つあって、ちょうどそこから川木のいるサイドが見えた。コートの手前側と、向こう側（今の私から見ると、左側と右側）に部員が列を作って並んでいて、先頭の二人がコートに立ち、自分の真正面の相手とボールを打ち合っている。見ていると、ミスした方が後ろの人と交代になるようだ。上手いのか下手なのか、球技音痴な私にはさっぱりだが、テンポよく続くラリーは見ていてちょっと気持ちいい。

やがて列に並んでいた川木が前に出て、ラリーに参加した。

あれ、と思う。

なんか顔が違う。

あんな顔、教室で見たことない。

左側からぽーんとボールが放られ、川木の手前でバウンドしたと思ったら、風を切ってボールが飛んでいった。あっという間だった。ぐいん、と首を動かしてボールの動きを追ったせいで、首筋が不吉な音を立てた。でもそんなの気にならないくらい、すごいものを見た気がする。なんだ、今の。

相手が打ち返す。川木が打ち返す。球の速度がそんなに違うわけじゃない気がするのに、なぜか川木が打つとあっという間にボールが返っていく。何が違うんだろう。

しばらく見ていて、気がついた。

川木がラケットを振るスピードだ。スイングスピードが、素人目にも明らかに速い。

そしてよくよく見ていると、弾道もちょっと違う。

弾き出されたボールはネットの上をまっすぐ通過する。高度を維持したままアウトするのかと思いきや、いきなり重力を思い出したみたいにストンと落ちて、強く弾む。

横から見ていて、そういう軌跡を描くボールを打っている人は他にいない。

川木が普通なのか、そうじゃないのかは、私にはわからなかった。ただ、それが打ちづらいんだってことは、見ているとなんとなくわかった。ラリーはワンバウンドしてから打ち返すから、コートの後ろの線近くで弾まれると、それだけ打つ人が下がらなきゃいけなくなる。下がりながら打つのは、たぶん、難しいのだ。

打っているのはきっと、一年生だけじゃない。三年生、二年生も混じっているはずだ。でも私が見ていた数分間、川木のボールを下がらずに打てていた人は、一人もいなかった。

「ボールアップ！」

やがてそう声がかかって、部員たちは蜘蛛(くも)の子を散らすように散らばったボールを集めに走り出した。川木もボールを拾いに駆け出したが、その途中で他の部員に話しかけられると、それまでの張り詰めた雰囲気が嘘みたいにふっと破顔して——それはいつものあいつの笑みと同じはずなのに、なんだか私の知らない川木のように見えた。

＊

それ以来だ。川木のクラスでのやわらかい笑みと、コートの上で見せる選手の眼差(まなざ)しが、しょっちゅうまぶたの裏に浮かぶようになったのは。

一度電話をかけたきり、なんとなく訊けないまま三年の春になった。

三年になるときはクラス替えがない。二年のとき、裕吾は三組に、私は六組になって、離ればなれになった。三組には同じ男子テニスの高瀬と、女子テニスの日々乃さん、志保がいる。そのことを思うたびに、私の心は薄黒いもやもやで少しざわつく。

部でも川木の海外行きはすでに話題になりつつあった。私自身、春休みに香凜に漏らしてしまったので、女子部でも広まっているようだ。山本は認めていない、って話だったけど、当の裕吾は、というとクラスでも結構普通にそのことをしゃべっているらしかった。あの緩い顔でプロへの決意を語る裕吾を見ても、クラスメイトは冗談かと思うに違いないけれど。

インターハイ個人予選が始まってしまうと、逆に訊きづらい気がして、なんとなく部全体に噂が浸透したであろう四月中旬に思い切って訊いてみた。

「裕吾さ、本当に本気なの？」

練習が終わった後、なんだかんだと理由をつけて裕吾と一緒になった帰り道。

「ふぁに？」

途中寄ったコンビニで、五個入りの一口餡パンを買った裕吾は口いっぱいにそれを頬張っている。私はため息をついて、彼がパンを飲み込むのを待つ。

「海外行くって話だよ」

「ああ……ウン。あれ、話したっけ？」

「山本に聞いた」

「あー、そう」

どうでもよさそうに言うので、私は唇を尖（とが）らせた。

「そういうの、普通本人から聞くものだと思う」

「大げさなの嫌なんだよ。人伝に広がってくれた方が、楽」

「三年男子には言うのに？」

「あいつらはまあ、特別」

「クラスメイトにも普通に言ってるらしいじゃん」

「リュウがいるから、そこから広まっちゃうんだよ」

「メールもないし」

それが不満なのだ、というニュアンスは伝わらなかったようで、裕吾は二つ目の餡パンを一口に頬張った。

「綾には、なんか言いづらいな」

飲み込んでから、ぽつりとそんなことを言う。

「なんで？」

「さあ……なんか、怒られる気がして」

「怒んないよ、別に」

「そう？　でも今機嫌悪い」

「別に悪くない」

そう言った声が今までで一番尖（とが）っているのは自分でもわかった。

線路をまたぐ陸橋の階段を上る。狭い階段なので、横に並んでは歩けない。裕吾が先に行って、私は二段後ろを自分の足元ばかり見つめながら上った。

「本気だよ」

先に上り切った裕吾が、ふと言った。

「は？」

私が首を傾げると、裕吾が笑う。

「本当に本気かって訊いたじゃん」

ああ。そういうこと。

海外へ行くこと。プロを目指すこと。

冗談でも、嘘でもない。未定じゃない、確かな予定。決まってしまった未来。そして、遠くない未来。

「あっそう」

私は唸（うな）るように言った。

「ほらあ、やっぱ怒るじゃん」

「別に、怒ってない！」

喚き返した瞬間、陸橋の下を電車が通った。がたごとうるさくて、今は何をしゃべってもお互いに聞こえない。自然と黙るしかなくて、裕吾が歩き出した後ろを私はいつもより間隔を空けてついていく。上り電車が通り過ぎると同時に、下り電車がやってきて、結局陸橋を渡りきる間、私たちの間に会話はなかった。

さっきの会話の続きをするには、少し間が空き過ぎてしまっている。駅ビルの隙間に、燃えるような夕焼け空が見えて、「綺麗な夕焼け」と私は馬鹿みたいなことを言う。


その後日に、ミーティングが入った。インターハイ団体戦に向けて、オーダーの基本方針を固めるという話だった。レギュラーメンバーのみの参加で、他のメンバーは普通にコートで練習をしている。唯一三年の高瀬が、生真面目に指揮を執る……はずもなく、妙に笑い声の絶えないコートを山本が見たら、さぞかし怒り狂うのだろう。

「コートを広く使うんだよ、広く！」

とか言いながら、アレーコートよりも外側に球出しをして後輩を苛めている。「がんばれがんばれ！」口では励ましつつ、あんまり頑張らせる気がなさそうだ。自分でコートに立ってみたことがないからあんまりわかんないけど、裕吾に言わせると、打つときは狭く、打たれるときは広いのがテニスコートってやつらしい。
「な～に後輩苛めてんだよ、リュウ！」
私はどきりとした。いつのまにか裕吾と白石、澤登がコート脇に来ていて、川木が
上着をぱっと脱ぎ捨てるなりコートに飛び込んでいく。
「悪い先輩への球出しはこう！」
とか言いながら今度は高瀬にひどい球出しを始める。二年生が見てげらげら笑って
るけど、そんなことしてる場合なのかしら。っていうかミーティングあったんじゃな
いの？　オーダー決まったのかな？　山本たちはなんで来ないんだろう。
緑の防風ネット越しに、ぼんやり裕吾たちのおふざけを眺めていた私だったが、顧
問の先生に顔を出してくれと言われていたことをふと思い出し、その場を離れた。職
員室へ行き、物理の北沢先生に話を聞くと、東京都高等学校テニス選手権大会のプロ
グラム配布に行ってくれという依頼だった。去年も行っているので、特に深いことは
考えず承諾する。
そのまま職員室から出ようとしたところで、微妙に探していた顔と出くわした。
「あれ、なにしてんの？」
「そっちこそ、マネージャーがこんなとこで何してんだよ」

山本はなにやら不機嫌に訊き返してくる。ミーティングで裕吾が何か言ったな、と私は直感した。後ろには石島がいて、目が合うと小さく頭を下げる。

「北沢先生に用があったの。山本は練習いかないの？　さっき裕吾たちがコートに飛び出していったけど」

「鍵返しにきただけ」

山本が答えて、視聴覚室の鍵をボードにぶら下げた。

「結局誰がダブルス出ることになったの？」

石島に訊ねると、石島は黙って自分自身を指さした。

「あれ、あいつシングルス出ないんだ」

石島とペアを組んでいるのは、裕吾だ。インハイ団体戦の単複は重複不可だったはず……つまり、必然的に裕吾はシングルスには出ないことになる。

「まあでも石島くんとダブルスで出るなら安心っちゃ安心かも」

裕吾が強いのは知っている。でもプレー内容があまり安定しない。だいたいの相手には適当でも勝ってしまうけれど、内容を考えるとダブルスの方が見ていてハラハラしない気はする。しょっちゅうスコアとビデオをとっているので、そのあたりの機微はたぶん、この部では私が一番詳しい。

石島が何かを言ったが、よく聞き取れなかった。

「え、なに？」

「いや……マネさんは、知ってるんだっけ？」

石島は意図的に「誰の話」なのかを外したようだったけど、そのトーンだけでなんのことを言っているのかはわかるような気がした。

「ああ……テニス馬鹿が、もっとテニス馬鹿になるって話？」

私今、どんな顔をしているんだろう。笑おうと思ったけど、上手く笑えている気がしない。多くの部員は、裕吾の海外行きをすごいことだと思って、その背中を押そうとしている。私だってそうしたいと思うのに、あまり上手くいかない。

「私よくわかんないんだけどさ、あれって高校終わってからじゃだめなの？」

そう。そんなふうに、思ってしまうから。

「さあ……どうだろ」

石島も困ったみたいな顔をしていた。ダブルスを組んでいる石島が、一番複雑な気持ちなのかもしれない。でもきっと、一番整理できていないのは、私だ。

「なんかすごいいきなりでさ、まだ全然実感湧かないんだよね。夏にはあいつがいなくなるって……」

そう、わからない。本人の口から聞いても、未だに全然、わからないんだ。

五月。インターハイ個人戦で、裕吾は東京都準優勝、シングルスの本戦出場を決めた。当たり前のように勝ってしまったけれど、インハイに出場するってことは、日本の高校テニス界において、百二十八位以内は確実ってことだ。三年間この部に所属して、いろいろ勉強したから、それがどれだけすごいことなのか、私はよく知っている。

どうしてそれで満足できないんだろう。

なんで海外にまで行かなきゃいけないんだろう。

裕吾は自分に満足していないんだろうか。あれだけテニスが上手いのに、まだ不満があるんだろうか。自分でテニスをやらない私には、よくわからない。裕吾がすごいことはわかるのに、裕吾がさらにすごくなりたい理由は、ちっともわからないのだ。

でも彼は、確かに言った。「インハイ本戦には出ない」。東京でわずか五人しか出ることのできない夏の総体を捨ててまで、海外へ行くと言う。

夏にはいなくなってしまう。

その実感が、ようやくじわりじわりと、私の中にも生まれつつあるようだった。

この春、私たちは高校三年になった。海外行きの話を知らないときでも、残された時間があと一年っていうだけで焦っていたのに、それはもう、数ヶ月しか残っていない。

＊

普段、髪の毛を二つ結びにしている。

別に深い意味なんかないんだけど、中学のときからそうだし、なんか落ち着くってというだけ。髪の毛がそこそこ長いから、垂れ流してると鬱陶しい。ポニーテールはなんか似合わないし、ばっさり切るのは自信がない……そんなこんなで、三年間この髪型だ。

でも今日は、少し迷った。いつものままでいいのかな、って。服は前日に悩み倒してなんとか決めてあったけど、髪型は盲点だった。いつも通り以外の選択肢がないように錯覚していたけど、よくよく考えたら逆にチャンスなのかもしれない。普段と違う髪型で、ギャップ意識……いや、洋服も結構気合入れちゃってるし、やり過ぎて引かれても嫌だな。うん。やめとこう……。

急に携帯がぶぶぶっと唸って、私は飛び上がった。メールだ。振動パターンで裕吾だとわかった。

「着いた」

と一言だけ。

「は？　ちょっ……」

約束の時間まではまだあと一時間近くあるはずなのに、もう着いた？　こっちはまだ家を出てもいないのに。

「試合の朝かなんかと勘違いしてるんじゃないのあいつ……」

ぶつぶつ言いながら慌てて髪の毛を二つ結びにして、私は家を飛び出したのだった。

インターハイ予選・団体戦が終わった五月の後半、このままじゃいかんと一念発起して、突発的に映画でも観にいかないかと誘ったのだ。誘うこっちは生きた心地もしなかったのに、存外にすんなりとＯＫが出て……裕吾は平然として「おー」とうなずくものだから、逆に気持ちが醒(さ)めた。

ああ、たぶん、こいつは私のこと、微塵(みじん)も女子とは思っていないんだろうなって。

まあ、そんなことはずっとわかりきっているんだけど……。

いい天気だった。六月のわりには、すっきりとした夏空。走ると少し暑い。待ち合わせ時間にはまだ二十分もあるのに、なんで走らなきゃならないのか。少し踵(かかと)の高い靴は履き慣れなくて、すでに足が痛い。せっかく選んだ紺色のワンピースは、汗が滲(にじ)むときっと染みになって目立つ。嫌だなあと思いつつ、どうせあいつは気にも留めないのだろうと僻(ひが)む。

　待ち合わせ場所へ着くと当の本人はいなくて、電話をかけたら珍しく数回で出た。

「着いた。どこ？」

「本屋。駅ビルの」

　それで本屋に行ったら、なにやら難しい顔で少年漫画の棚を眺めていた。片手に傘を持っているのを見て、そういえば雨予報だったことを思い出す。服と髪型で頭がいっぱいで、すっかり忘れていた。

「二巻だけない……」

　と呻（うめ）いていたので、たぶんＧＲＡＴＺだ。高瀬とよく盛り上がってるやつ。私も密（ひそ）かに読んでいるけど、話題に入れたことはない。

「二十分も早く人を呼びつけといて自分は涼しい本屋で漫画漁（あさ）りとはいい度胸だな」

　後ろからど突くと、目を丸くされた。一瞬服装に触れてくれるのかな、と期待するも、裕吾の言葉はこうだ。

「遅いじゃん」

　私がくわっと目を見開くと、慌てたように手を振った。

「うそうそ冗談。ごめんなさい。早く呼びつけてごめんなさい」

「まだ家も出てなかったんだからね。どんだけ早起きなのよ？」

「最近土日朝早かったから、なんか習慣で起きちゃってさ……」

頭をかきながら「じゃあ行きますか」とお伺いを立てられたので、私はせいぜい横柄にうなずいておいた。

駅ビルの中に入っている、小さな映画館でチケットを二枚買った。早く来すぎたと思ったけど、元々の時間設定がぎりぎりだったので、少し待ったらすぐに入場可能のアナウンスがかかった。売店でポップコーンを吟味するけど気分じゃないからスルーして、飲み物はコーラのSを二つ買う。

「炭酸いいの？」

と訊くと、渋い顔をされる。

「休日くらい、いいでしょ」

まぁ、インハイも終わっちゃったしね。

「団体戦、残念だったね」

団体戦は確か、八回勝つと優勝だった気がする。うちの学校は、男子が四回戦敗退、女子が二回戦敗退だ。男子は公立としては頑張った方じゃない？　と香凜が言っていたっけ。裕吾と石島のダブルス、シングルスでも勝ちきれずに最終的には私立の強豪に敗れた。

うちは都立だから、七月に都立対抗の試合があって、それが引退試合となる。だからインハイ予選が最後の大会ってわけじゃないけど、高校テニス界では一番大きい試合であることに変わりはない。人生で最後のチャンスが潰えた、と山本がぼそりとつぶやいていたのが印象に残っていた。三年男子はみんな泣かなかったけど、きっとそれぞれに思うところはあるだろう（高瀬は知らないけど）。

「裕吾がシングルス出てたら、結果変わってたかな？」

「変わらないでしょ、別に」

裕吾は鼻を鳴らした。

「俺とテツのダブルスだって負けたしな。相手が強かったよ」

そう言うけれど、きっと裕吾がシングルスで負ける相手はいなかった。裕吾が東京で勝てない相手は一人しかいない。個人戦準優勝っていうのは、そういう意味だ。裕吾ほどのレベルになると、チームなんて足を引っ張るだけのものなのかもしれない。だから一人になって、何もかも置き去りにして、海外へ行こうとしているのかもしれない。

映画が始まっても、内容はあまり頭に入ってこなかった。ヒットしているらしいラブストーリーもの、メインキャストが豪華で、裕吾はヒロインの女優が好きなんだ。私とは、似ても似つかない、背の高い綺麗な女性。裕吾って絶対面食いだと思う。テニス部の日々乃さんも綺麗な子で、だからしょっちゅうテニスに誘ってるのかも。結局顔なんだ顔……などとひねくれたことを考えているうちに、銀幕にはエンドロールが流れ始めた。

色気もなくマックでお昼を食べているうちにみるみる空模様が怪しくなって、食べ終わる頃には土砂降りになった。灰色というよりは、もはや黒ずんだ分厚い積乱雲から、矢のように水滴が降り注いでくる。大粒の雨が元気よく地面の上でジャンプして、どんなに大きい傘を差してもすぐ足下がびしょ濡れになってしまいそうだ。

「すげー雨」

裕吾は半笑いで外の通りを見ている。さっきまで溢れていた人混みは、どうやら雨粒の大行進に道を譲ったらしい。ぽつんと一人、傘を差していないサラリーマンが、鞄で頭をかばいながら必死に屋根の下から屋根の下へと駆けていくのが見えて「大変そうだな」とぼんやり思ったけど、よくよく考えると他人事じゃなかった。

「傘忘れたんだった」

つぶやくと、裕吾が「はあ？」とこっちを向いた。

「雨予報だったじゃん」

「ウン。でも忘れた」

普段なら絶対忘れない。でも今日は、「普段」じゃない。

「送ってこうか？　それか傘貸すけど」

「いいよ。しばらく雨宿りして、弱くなったらコンビニでビニール傘買って帰る」

「そうか？　なら雨宿り付き合うかな」

裕吾は何の気なしに言ったんだろうけど、私の心は少し弾んだ。

「なんか飲み物買ってくる」

と、裕吾が席を立ったので、

「スプライト」

と注文をつける。

「自分で買えよ」

「二十分も早く呼びつけたの誰よ」

「ちぇっ。根に持つよなあ」

ぶつぶつ言いながらも、小銭を数えてレジに向かったので一応は反省しているらしい。まあ別に、そんなこと本当はどうだっていいんだけどさ。

スプライトを二つ持って戻ってきた裕吾と、雨が止むのを待つ間だらだらと話をして時間を潰（つぶ）した。裕吾は映画をきちんと観ていたようで、意外とテーマとか、ストーリーとか、演出とか、いろんな視点から感想を語った。あまり内容が頭に入っていなかった私は、そこでようやくどんな映画だったのかを理解した。映画の話題が尽きると、部や学校のことをだらだらとしゃべった。

裕吾は顔が広くて、だいたいのクラスに友だちがいる。コミュ力がすごく高いってわけでもないと思うけど、人当たりがよくて、高瀬みたいな「友だちの多い友だち」を持っているのだ。世渡り上手。普通に社会人になっても、どんな会社でも上手くやっていけそうなタイプ。おかげで裕吾が相手だと、話題が尽きることはあまりない。

「だから川村はダメだっつったら、あいつ怒り出してさ」

「元カレ侮辱されたからじゃないの？」

「いや、だってもう別れてるんだぜ」

「その元カレを好きだった自分も否定されたように感じたんじゃないの？　裕吾の言い方が悪かったんだと思うな」

「そうかなァ。慰めたつもりだったんだけど」

共通の知り合いの恋愛事情みたいな、妙に生々しい話題になっても、私たちはわりとドライに話せてしまう。たぶん、私たちの間に、そういう悩ましい感情の生まれる余地がないからなんだろう……ってことには、最近気がついた。それでも我ながら救いがないと思うのは、そのドライな会話が、午前中に観た映画よりもずっと楽しいってこと。

ああ、どうしようもないな、本当に。

ただ向かい合って喋っているだけなのに、どうしてこんなにも、幸せな気持ちになってしまうんだろう。

今日、言ってしまおうか、と思った。

深い理由なんてない。なんとなく、今なら言えるような、そんな気がするだけ。

裕吾は夏にはいなくなってしまう。この先今日みたいに誘える日が、二度とくるのかもわからないんだ。脈がないことはわかってるけど、言っておかないと後悔することもわかってる。心のどこかで、一パーセントでも期待しているうちは、脈がないなんて言っても諦め切れていないのだ。今日誘ったのだって、結局はその一パーセントのなせる業だ。

ちょうど空模様が少し変わって、小雨になっていた。

「そろそろ行くか」

裕吾が言ったので、私は小さくうなずいた。

「ん」

名残惜しさを感じつつも立ち上がって、私たちは三時間近く居座ったマックを出ることにした。

「トイレ行ってくる」

「おう」

裕吾がトレイにゴミと飲み物の容器を載せている隙に、私はトイレに向かった。鏡を見て、変な顔をしていないことを確認する。別に変な顔はしていなかったけれど、自分の顔を見た途端、よくよく考えるとなにをしようとしているんだろうと思って、結局変な顔になった。無理やり笑おうとして、口の端がひん曲がる。目元がなんか、変。心臓が急にどきどきしてきた。私、なんで言おうとしているんだろう。さっきまでの根拠のない決意があっという間に揺らいで、やっぱりやめようかと心が二の足を踏む。

決めきらないままトイレを出て、私はお店の出口に向かった。透明な自動ドアの外に、裕吾の姿がちらと見えた。

「お待た」

言いかけた「せ」はしぼむ。一度開いた自動ドアを私はまたがずに、そのまま一歩後ろに引いた。ドアが閉まる。私は店の中に取り残される。透明な自動ドアの向こうには、二つの人影がある。

裕吾と、日々乃さんだった。

ここからでは何を話しているのかは聞こえなかった。買い物帰りにでも通りがかったのだろうか、日々乃さんはビニール傘を差して、もう片方の手にはビニール袋をぶら下げている。ジーンズにパーカーというシンプルな服装、いつもの感情に乏しい顔。裕吾はそんな彼女に、笑顔で話しかけていた。いつかコートで見た。テニスコートでしか見せない、普段と同じはずなのに、なぜか違う気のする、川木裕吾のもう一つの笑顔で。

あの顔。私に向けられたこと、あったっけ？

今までも、裕吾と日々乃さんが二人でいるのを見かけるごとに、私の期待のパーセンテージは落ちていった。高校一年目には八十パーセントあると勝手に思っていたゲージが、二人がテニスをしているのを見た日には三十パーセントくらいに落ちていたし、その後も二人が話しているのを見かけたり、付き合ってるという噂を聞くたび、二パーセントくらいずつ削られていった。今、それはもう、一パーセントしか残っていない。

やめて。

もうこれ以上、削らないで。

自動ドアに隔てられた私の心の叫びなんかが届くはずもなく——裕吾が何かを言って、日々乃さんが少しだけ笑った。その笑顔は、なぜか裕吾の笑みを見たよりもずっと、私の胸の深いところへ鋭利な刃物を突き立てた。

あの子、あんな顔で笑うんだ。

……相手が裕吾だから？

その瞬間、私はくるりと踵（きびす）を返していた。ここのマックには、反対側にも出口があって、駅の裏側に出られる。家までは遠回りだけど、そんなことどうだっていい。

そのとき、一パーセントの期待がぽっきり挫けて、心の谷底に落ちていったのがはっきりとわかったんだ。

お店から出ると、まだ降り続いていた小雨がワンピースにぽつぽつと染みを作って、けれど私はかまうことなく、そのまま歩いて帰途についた。

＊

マネージャーを始めてから、裕吾のそばにいられる時間は確実に増えた。テニスのことは全然知らなかったし、マネージャーがどういうことをやるのかもさっぱりだったけど、思い切って飛び込んだ世界は思っていたよりもずっと深くて、広くて、新鮮だった。そして、その中心にはいつも裕吾がいた。何かと絡んでは、一人密かにどきどきしていた。

裕吾ってさ。

うん？

好きなコいないの。

ハァ？　なに急に。

いやー、カノジョとかいないのかなあって。意外とモテそうだし。

意外ってなんだよ。

じゃあ、いるの？

……いねえけど。

ふーん。そうなんだ（ヨシッ）。

まったく、高校一年生の一年間、私は馬鹿みたいにまっすぐ青春していたと思う。

でも少しずつ、コートの外から裕吾を見る時間が増えるほどに、気づかされることがあった。フェンスと防風ネット一枚。それは、物理的には扉を開けて入れば超えることのできる隔たりだ。でも、私の気持ち的には、もっとずっと遠い。ただコートに踏み入ったところで、選手たちと同じ次元に立つことはできないのだということを、テニスについて、裕吾について、知れば知るほどに思い知らされたのだ。

コートの中、白いラインで囲まれた領域を、私は踏んだことがない。

そこは選手だけが踏み入ることを許された聖域だ。

私には資格がない。

あの場所に入るには、テニスの神様の許可がいるのだ。

そして裕吾は、その神様に愛されている。

コートの外から見ているだけの自分は、彼に近いようで、最も遠い場所にいる。

裕吾がよく、日々乃さんを誘ってテニスをしていることを知ってから、自分ではだめなのかもしれないと思うようになった。マネージャーでは、届かない。本当の意味で裕吾の心に触れられるのは、同じラケットを握って、ネットを挟んで相対したものかもしれないということに私は一年以上の時間をかけて気づかされ——それは三年目にして、とうとう確信に至った。

*

「なんで勝手に帰ったんだよ」

珍しく裕吾の方からメールがきたと思ったら、苦情だった。まあ、そりゃそうだろう。裕吾にしてみれば、何も言わずに置いていかれたのだ。私からすれば、置き去りにされたのは私の方、だったけど。

気分が悪くなって帰った、悪かった、と返事を送った。普段ならだいたい使ってる絵文字も顔文字もなし。裕吾からの返事はすぐにはなくて、お風呂(ふろ)に入った後携帯を見たら着信履歴が残っていた。メールはなし。かけ直す気は起きなくて、そのままベッドに放り出す。

あいつ、日々乃さんにだったら、もっときちんとメールするのかな。海外へ行くことにしたって、もしかしたら日々乃さんには相談したりしていたのかもしれない。

付き合ってない、と香凜は言っていた。香凜は日々乃さんと仲がいいから、確かな情報筋ではあるけれど、あの日々乃さんがもし裕吾と付き合っていたら、それを香凜に話すかというと……話さない気がする。私自身は、日々乃さんとはほとんど話さない。彼女にはちょっと人を寄せ付けないオーラがあって、きっと一人が好きなんだろうと思うと、なかなか話しかけるきっかけが見つけられなかった。まあそれを言ってしまうと、そもそも男子と付き合ったりなんか、しなさそうな子なんだけど。

正直言うと、全然、お似合いじゃないと思う。

裕吾はおしゃべりだし、日々乃さんはどちらかというと、物静かでおとなしい子だ。タイプが全然違う。同じクラスだけど、そんなに接点がないってことは、私も聞いているし実際に目撃もしている。私と裕吾みたいに、名前で呼び合ったりもしない。いつ見ても他人同士みたいな二人だった（それを見て私は、安心したりしていた）。

でもそれは、普段の学校生活においての話だ。

テニスをしている限りにおいては、あの二人はお似合いなのかもしれない。

一度、二人が打っているのを見たことがあった。付き合っている、という噂にいいように踊らされて、あの二人が練習後にテニスをしに出かけるのを追けて、その様子を盗み見たのだ。

　学校の近くにある、市民体育館横のオムニコート。三面あるコートの一番端で、裕吾は日々乃さんと打っていた。甘い雰囲気なんか、これっぽっちもなかったことは断言できる。でもそれ以上に、入り込めない空気があった。ラリーをしたり、サーブを打ったりしながら、言葉もなく、まるでボールにすべてのメッセージを乗せてやりとりをしているかのような――ある意味では甘い雰囲気以上に、抱き合ってキスをしているのを目撃してしまったのよりも濃密なその雰囲気に耐えきれなくて、私は五分ともたずにその場から逃げ出した。

　コートの上での裕吾はいつもあんなだし、日々乃さんはいつだってあんなだし、本人たちにしてみれば普通にしていたのかもしれない。それでも私は、テニスをしているときのあの二人の間には絶対に入り込めないと、そのとき確かに心に楔のようなものを打ち込まれたように思う。

　今になってみれば、そもそも私なんか全然、あいつの目に映っていなかったのだ。二年になってからはクラスも違うし、部活中でもコートに入らない私には、実はそこまで接点がなかった。練習の前後に話しかけるとか、廊下ですれ違ったら挨拶をするとか、それ以外だとメールか電話がほとんど。きっかけは私からのこともあるし、ふっと裕吾からくることもあって、頻度はまちまちだけど、それでも週に一度もメールも会話もないっていうのは、この三年間記憶にない……なんて話をすると、「脈あるじゃん」ってクラスの友だちには言われたりして、ちょっと心を躍らせていた。

言わせていたんだ、というのは本当はわかっていた。真相は「一週間に一度は接点を持ちたくて、裕吾から連絡がなかったら私から連絡していた」だ。そしてそういうのを、世間一般に「片想い」と呼ぶことくらい、私だってわかってる。わかっていたけれど、違うんじゃないかって、ずっと無理やり思い込んでいたんだ。

六月。私たちはあれきり口をきいていなかった。しゃべらないのは、たぶんたまたまタイミングが合わなかっただけだと思うけれど、メールがないのは明らかにあの一件のせいだった。裕吾が部活をサボったとかで一時期部が騒然となったときも、何も送らなかった。私がメールを送らないと、やっぱり裕吾からもメールは来なくて、結局そういうことだったんだと思った。

別に避けてるつもりはない。だからきっと、裕吾が話しかけてきたら今まで通り話すだろう。メールがくれば返すだろう。何もなかったように、ただの友だちとして、クラスメイトとして、チームメイトとして。そもそも裕吾と話すのなんて、全然難しくないんだ。あいつは放っておいたってぺらぺらしゃべるし、適当に相づちとツッコミを入れてやれば勝手に話を広げてくれる。私はただ、笑ってそれを聞いているだけでいい。

そうやってひと月もすればあいつは海外へ行ってしまい、私もいつか、この痛みを忘れることができるだろう。

それでいいんだと、ここのところずっと言い聞かせているのに、夏が近づくほどに痛みはむしろ鮮明になり、このまま一生消えないのではないかとさえ思われた。


梅雨で雨の日が多くなって、なかなかコートで打てない日々が続いている。最近男子部は体育館と校舎を結ぶ渡り廊下で、よくトレーニングをしている。体育館は屋内部活が使わない日はないし、校舎内は文化部のテリトリーだ。雨が降ると、屋外運動部がこぞって長い渡り廊下の屋根の下に集まり、シートを敷いて筋トレを繰り広げるのは珍しくもない光景だ。

そういうとき、私はそんなにやることがなくて、一応練習場所に顔は出すけど、だいたいぼんやり時間を潰すだけになる。

でもその週は山本が軽く足首を痛めたとかで、リハビリの個人メニューを組んでいたので、そっちのサポートをすることになった。

山本は男子にしては背が低い方で、公称百六十五センチ。当然三年男子の中では一番小さいし、二年生を含めても下から数えた方が早い。対外試合じゃ、初見で三年生だとはまず思われない。けど、一年の頃から同期の中では一番はっきり物を言い、しっかりしていたから、将来部長になるのはそのときから必然だった。今じゃ泣く子も黙る鬼主将である。

「その鬼主将が珍しいじゃん、怪我なんてさ」

私は笑いながら、前屈している山本の背中をぐいぐい押す。怪我にうるさい、というか体調管理にうるさい山本が、自分の体を痛めているのはこの三年間でもあまり記憶にない。裕吾なんか、しょっちゅうどこかしら怪我しているのに。

「ちょっとオーバーワークだったな」

山本が呻いた。

小柄だけど筋肉のついている山本の体は、日頃の鍛錬でできている。朝練は欠かさないし、練習外でも走り込みとか、自主トレーニングをしているらしい。まあ、それは裕吾もそうだけど……あいつが朝練にあまり来ないのは、朝走り込みをしているからだということは、たぶん私しか知らない。

「引退試合近いんだから、あんまり無理はしない方がいいんじゃないの」

まるでおじいちゃんを窘めるような言い方でからかうと、山本が身を起こした。

「まあ、そうだな。今年が最後だしな」

私はごつごつした山本の背中から手を離す。山本は裕吾の方を見ているように見えた。

もしかして、裕吾が抜けるせいかな、山本が自分を追い込んでいるのは。

今年の七月の都立対抗戦は、裕吾不在で挑む。つまり、シングルス1、エースを務めるのは現ナンバー2の山本だ。今まで部長としてチームをまとめるのは山本の役割、エースとしてチームを鼓舞し引っ張るのは裕吾の役目だった。それは別に、二人がそういうふうに分担を決めていたわけじゃないと思うけど、自然とそうなっていた。だけど一ヶ月後には、短期間とはいえその両方を山本が担うことになる。

だんまりの私をどう思ったのか、山本が振り向いた。

「浅井、川木と何かあったか？」

突然切り込まれて、かわす余裕もなかった。一秒くらい、そのまっすぐな目を見てしまってから、ぱっとそらし、またそろそろと戻して苦笑いする。

「どうして？」

「わかりやすいんだよ、おまえ。自覚ないのかもしれんけど」

山本はいつもどこか不機嫌な顔をしている。そのせいで今年の新一年生からは、例外なく怖いと思われている。二年生はそれがデフォルトだと知っている。三年生は、一割くらいがテレカクシだということを知っている。

意外と、よく見ているのだ。人の気持ちに敏感で、聡い。成績だってよかったはずだ。テニス馬鹿と言われるけど、たぶん本質は万事において負けず嫌いなだけだと思う。誰にも負けたくないから、全員の現状を把握しようとする。それゆえに山本はこの部で、一番周りが見えている。

「浅井は川木の話題になると、食いつきいいからな。でも最近それがないから、何かあったのかなって思っただけ」

山本の目を見れなかった。

言われていることは、すべて図星だった。そして、はっきりとは言われなかったけれど、その言い方は、なんというか、

「……もしかして、バレてる？」

私は恐る恐る顔を上げる。山本はやっぱり不機嫌な顔をしていたけど、それが一割の方だということはすぐにわかった。

「わりと、バレバレ」

心臓がばくばくと脈打つ。

顔が赤くなるのがわかった。

香凜には知られている。一年のとき同じクラスだった友だちにも何人か知っている子はいる。でも、男子部に知っているやつはいないと思っていた。

「あの、えっと……」

「バレバレっていうのは、俺的な話で、他のやつにとってもそうかは知らん。あと、

別に誰にも言ってねえ」

少しほっとする。

私の知りたいことを、一言で、機嫌悪そうに全部言ってのけるあたりが山本らしいと思う。

「そっか。バレバレかあ……」

私は耳まで赤くなっているであろう顔を隠すように後ろを向いた。

少し離れたところで、みんながトレーニングをしている。裕吾は高瀬とペアを組んで腹筋をしている。歯を食いしばって、顔を紅潮させて……一年の頃からトレーニングには弱い。筋肉がないわけじゃないと思うけど、たぶん山本とは質が違うんだろう。二人がラリーをすると、ストレートラリーだと割と互角だけど、全面でコースを散らすと裕吾の方が圧倒的に強い。腕相撲じゃ、裕吾は絶対山本に勝てないのに。

川木の筋肉は最適化されているのだと山本がよくこぼしていた。自分がどんなにトレーニングをしても、あの体にはなれないんだ、と。悔しそうに言いながら誰よりも真面目にトレーニングに取り組むのだ。山本は、そういうやつだ。そんな男の子に自分の気持ちを知られているのは、なんだか不思議な感じがする。

グラウンドにできた水たまりに、小雨が波紋を生んでいく。渡り廊下を抜けていく風は少し肌寒い。コンクリートの上に広げたリハビリ本のページが、ぱらぱらめくれていくのを見ていると、バレていると知ってパニクった頭が、少し冷えた。

「諦めようと思ったの」

私がぽつりと言うと、山本が首を傾げた。

「なんで？」

「だって、脈ないもん」

「何を根拠に？」

山本の問い返しはいつだってまっすぐだ。実のところ、たぶんうちの部で一番純粋なのはこいつだと思う。

「全然、メールとかこないし」

「それ、理由になんの？」

「そういうもんなの。連絡するでしょ、好きだったら」

「今好きじゃなくても、将来的な可能性の話は別だろ」

「可能性もないよ。だって裕吾は……」

私は少し言いよどんだ。

「一緒にテニスできる子が好きなんだよ」

「日々乃のことか？」

ぼかしたのに一発で見抜かれた。まあ、噂くらい山本だって知っているだろうけど。

「まあ、そうかもな。けど、それは恋愛的な話とは別だと思うぞ」

周りがよく見えている山本が言うなら、そうなのかな。

「でも、テニスしてるときのあの二人は……」

「コートの上で付き合うわけじゃねえだろ」

ぴしゃりと言われて、何も言い返せなくなった。

「むしろコートの外の付き合いで言ったら、浅井は一番可能性あると思うけどな」

「あいつ、私のこと女子とも思ってないよ」

私は苦笑いを浮かべたけど、山本は笑わない。

「それは浅井次第じゃん。川木が勝手に変わってくれるの待つのか？　テニスしか頭にないようなやつだぞ。時間かけて、あいつの頭ン中にテニス並の優先順位で割り込む覚悟がなきゃ、そりゃあ……」

一番可能性ある、と言ったくせに。

テニス並に興味を持ってもらえなきゃ無理だと言う。

後者は正しいと思った。だからやっぱり、自分なんかに可能性はないと思ってしまう。

「浅井の悪いところは、自分に自信がないところだな」

まるで私の心の中を見抜いたみたいに、山本が言った。

「自分で自分の可能性に限界を作るのは、つまらないぜ」

漫画みたいな台詞を、真顔で平気で言えてしまうのは、きっと山本がそれを心から思っているからだ。

山本は、自分に限界を作らないのだろう。だから裕吾に対しても、負けたくないと思っている。山本がずっと、テニスで裕吾に勝とうとしているのを私は知っている。

運動部にいる男子なんて大概負けず嫌いだ。部で一番になりたいって、みんな思っている。だけど、うちの部の場合ちょっと特殊で、心のどこかで裕吾には勝てなくてもいいとも思っている。初めから、ライバル枠に入れないのだ。あまりにも、規格外だから。

だけど山本はこの三年間、自らのライバルリストのてっぺんにずっと裕吾を置き続けてきたはずだ。それは不動で、今後も不動かもしれない。それでも、山本は裕吾を永遠の一位としては決して認めないのだ。いつか自分が超える可能性を信じている。自分がインハイ予選落ちの選手で、裕吾が東京都二位の総体本戦出場選手でも、その差に絶望したりはしない。

たとえゼロパーセントだとしても、諦めたりはしないのだ。

＊

六月末。梅雨時にしてはすっきりと晴れたその日、渇いた喉を唾液で湿しながら中庭の自販機まで行ったら、日々乃さんがいた。普段ならきっと回れ右、でも今日はなんとなく足を止める。

彼女は右側の自販機の前で立ち尽くして、人差し指を行ったり来たりさせている。後ろからこっそりのぞき込むと、スプライトとメロンソーダの二択らしかった。やがて彼女の指がメロンソーダのボタンに吸い寄せられていくのを見て、私は思わず声をかけた。

「それ、やめた方がいいよ。ゲロ甘だから」

日々乃さんがびくっと振り返り、私を認めて目を丸くした。

「あー……っと。あくまで私の経験上、ね」

そう付け加えると、彼女は自販機を振り返る。

「そうなんだ。飲んだことあるんだね」

「一年の頃にほとんどの味は試したから。それはほんとハズレ」

「そっか。確かにすごい緑色だな、って昔から思ってたけど」

「なのに買おうとしたの？」

「うーん、一度試してみるのはありかなって。もう三年だし」

「ああ……」

　この自販機との付き合いも、確かにそう長くはない。中でも500mlの冷たい炭酸飲料を買う季節は限られていると思う。

　ぎこちない会話は途切れ、結局日々乃さんはメロンソーダを買い、私も同じ物を買った。ペンキのはげた脇のベンチに中途半端に隙間を空けて座り、同時に蓋をひねる。ぷしゅっと炭酸ガスが噴き出して、葉緑体みたいな緑色の液体の表面が真っ白に泡立った。一口含めば濃い砂糖の味と、口いっぱいに広がる甘ったるいにおい。げっぷが出そうになって慌てて誤魔化そうとしたら、日々乃さんも何かを飲み下そうと顔をしかめていた。目が合って、少し笑う。確かにゲロ甘だね。でしょ。うん。

日々乃さんとこんなふうに話すのは、本当に初めてだったかもしれない。でも少し言葉を交わしてみれば、彼女も普通の、十七歳の、シンプルな女の子だと感じた。

「もうすぐだね」

　蓋を閉めながら、日々乃さんがぽつりとつぶやいた。

「梅雨明け？」

「いや、川木がいなくなるの」

「あー……」

見上げた空に、淡い飛行機雲が浮いている。

「あいつ、英語とか勉強してんのかな」

私が独りごちると、日々乃さんはわざとらしく肩をすくめる。

「してる、とは言ってたけどね」

「どうせ発音最悪でしょ」

ハロー、ハワイユ、アイムファインセンキュー。

発音の悪いモノマネに、日々乃さんは苦笑いする。

それでも言葉が通じなくたって、裕吾ならたぶん、上手くやっていくんだろうなと思う。外国の人ばかりの中に入っていったって、へらっとした笑みを浮かべて、片言の英語で、最初は舐められて、でもコートの上での彼を見たらみんなが見直すはずだ。

そしてその後は、コートの外の緩い雰囲気も含めてきっと愛される。そんな気がする。

そういえば、前に言ってたな。試合で1ポイントが長くなるのは、ラリーの相性がいいんだって。球質とかプレースタイルとか癖とかが噛み合って、なんとなくラリーが続いてしまうんだって。

ありがたくないけどな、と裕吾は苦笑いしていたけど、今思うと、それって人と人のやりとりに似ている。相手からどんなボールが返ってくるのかは、自分の打ったボール次第。ボールが返ってこないことだってあるだろうし、予想外のボールが返ってくることだってある。それでも、私たちはきっと、これからもたくさんの人と〝ラリー〟をしていくんだろう。ちょうど今、私と日々乃さんがそうしているように。

ずっと遠いと思っていたテニスを、ふっと身近に感じた。同時に、ああ、本当に行ってしまうんだなとも思った。

中庭に光が差し込んでいる。午後の日差しが、タイルやその隙間から伸びてきた夏草を一様に白く輝かせる。初夏の光だ。まだ夏の日差しほどの力を持たないその陽光は、これから輝きを増すであろう裕吾に少し重なる。

「なんか、気にしてるみたいだったよ」

日々乃さんが思い出したように言った。

「え?」

「浅井さんに避けられてるっぽいって。最近全然メールもこないんだって」

少しどきりとする。あいつ、気にしていたのか。気づいてすらいないのかと思っていた。

「それ、裕吾に相談されたの?」

「ううん。朝練のときだったかな、話しかけ方がわかんねーって、喚(わめ)いてるの聞いた」

「変なの。別に怒ってないのに」

「そうなの？」

「うん。勝手にちょっと距離置いてただけ」

そして、それももう、終わりにしようと思っている。この梅雨が、本当に明けてしまう前に。

日々乃さんが再びペットボトルの蓋をひねった。涼しい音。私の蓋は開けっぱなしだ。中身はすでにちょっと生ぬるい。風が吹いて、日々乃さんの髪の毛が乱れる。私は前髪を押さえる。

「そういえば髪、切ったね」

「うん」

少しぎざぎざした毛先を撫でるように揺らして、私はぎこちなく微笑む。

山本と話した後、思い切って髪をばっさり切ったのだ。肩より短いボブ。そんな長さだから、当然二つ結びにはできなくなった。

今までずっと揺れていた二つのお下げがなくなると、頭が少し軽くなった。お下げのせいで下を向いていたなんて思わないけど、もしかしたらちょっと、引っ張られてはいたかもしれない。

今の私は、以前よりもまっすぐに前を向いている。前を向けていると、そう思う。

「……失恋でもしたとか？」

日々乃さんが、わずかに視線を泳がせて訊いた。やっぱり、そう見えるかな。でもね、違うんだ。

「うーん、むしろ逆？」

そう、たぶん逆。

私は今、恋をしている。

そしてそれを、諦めない。

いつ伝えるかはまだわからないけれど。それでも今焦って、やけくそに伝えるんじゃなくて、ちゃんと可能性を育てて、きちんと伝えるべきときに伝えようと思ったんだ。

きっと長い恋になる。

長い恋って、しんどい。

だからみんな、ダメ元でも告白して、区切りをつけて、前に進む。たぶんそれが正しい。

でも、山本が私の背中を押してくれた。別に海外に行くからって、一生会えなくなるわけじゃない。歳を取ったって、プロになったって、必ず戻ってくる。メールだって、電話だってある。こっちから諦めて、勝手に繋がりを切ったりする必要なんてないだろって。

そうだ。何も終わらない。

長く戦う覚悟さえあれば、自分から終わらせる必要なんて、何もなかった。そもそも最初から手ごわい相手なんだ。もっと腰を据えて戦ってみろと、山本にはそう言われた気がした。

だから、焦るのは、もうやめる。

「そっか」

日々乃さんの相づちは短かった。でもなんだか、優しかった。

「叶うといいね」

「うん」

そのとき、ちょうど裕吾が中庭の先を横切っていくのが見えた。日々乃さんにも見えたようだ。私は弾かれたように立ち上がった。

「私さ、あのテニス馬鹿が好きなんだよね」

気がつくと、そう告げていた。日々乃さんがメロンソーダにむせた。

「だからちょっと、行ってくる」

「ええっ、今から告白？」

「ううん。告白の、予告」

にやっとしてみせると、私は裕吾に向かって全速力で駆け出した。

あいつが海外に向かって踏み出すなら、私もこの恋を一歩踏み出して、自分で自分の可能性を広げていくのだ。

飛べるのは裕吾だけじゃない。自分だってきっと、もっと高く飛べるはずだから。

テニス、テニス、なんて言ってられない

昔から、シード選手ってやつが嫌いだ。

トーナメントの途中から我が物顔で参加してきて、それまで必死に勝ち上がってきた選手を赤子の手をひねるようにスコり、破竹の勢いで勝ち進んでいく。決勝ドローは当然のように、シード選手同士が名を連ねる。自分たちの試合がまるで、前座扱いだ。

関東圏の大会で、その名前はいつも上位にあったから、「東京の川木」って言ったら、だいたいのジュニアには話が通じた。ほとんどの大会でこいつは、一回戦を戦っていない。ドローを見るたびにケッとなる名前の一つだった。

俺がそのプレーを初めて見たのは、中学一年のときだ。三月に行われた東京ジュニアテニス選手権大会の予選で、調子がよかった俺は本戦に出場を決めていた。この大会は本戦参加者が六十四人だが、そのうち四十八人がストレートインという異色のトーナメントだ。予選は四十八人で争い、上位十六人が本戦へ進める。

数週間後の本戦ドローが発表されると、トーナメント表の「山本翼」の名を眺めてにやにやした後、俺はすぐしかめっ面になった。第2シードに「川木裕吾」の名前があり、勝ち上がれば二回戦で当たることになっていたのだ。

当日、初めて見た川木は、想像とは少し違っていた。紺色のウェアに黒パンツ、ラケットはウィルソン、左手にリストバンドをした、どこにでもいそうなテニス少年。別にムキムキマッチョの大男だと思っていたわけではないが、なんていうか線の細い、柔和な雰囲気で、一言でいうなら「ユルイ」のだ。オンオフで性格が違う選手なんて腐るほどいるが、それでも強いやつには独特のオーラがある。けれど川木には、それが微塵も感じられなかった。

本戦は第1シードでも予選上がりでも試合数は変わらない。だから二回戦で戦うには、川木も勝ち上がってくることが前提になる。

こいつ、大丈夫だろうな？

本当に勝ち上がってくるだろうな？

思わず心配になってしまうほどに、シード選手としては覇気のない男だった。結論から言えば、川木に当たるまでもなく、俺が一回戦で敗れてしまったので、それは杞憂だったのだが……。

相手は地元ＬＴＣの相沢雄馬。自分の調子はよかったと思うが、相沢のかたい守りを崩しきれず、１セット目を落とすとずるずる相手のペースに乗せられて、最終的にはミスを連発して自滅する形になった。シコい相手は昔からどうにも苦手だ。ミスが少なく、コートカバーリングに長けた選手を崩すだけの攻撃力が、その当時の俺にはまだなかった。

「くそっ……」

負けた後、他のやつの試合なんか観たくない。

それでもその日はどうしても気になって、川木のプレーを観てから帰ることにした。俺が破れなかった相沢の守りを、あのユルイ男がどう突破するのか（あるいは突破できずに負けるのか）、せいぜい見守ってやろうと思ったのだ。

——そして俺は、川木裕吾という選手を知ることになる。

上手い？

強い？

そんな言葉は生半可だ。

本当に同い年か？

エイジ区分一つ間違えてるんじゃないのか？

レベルが違いすぎた。

川木の前に相沢の守備など紙切れ同然、ガンガン左右に振られてオープンスペースを作られ、あっさりボレーでとどめ。いとも簡単そうにやってのけるから、相沢が弱いんじゃないかと錯覚するほどだ。

コートの外でのあのユルイ雰囲気が、まるで鮮やかな詐欺のようだった。コート上の川木は圧倒的な、濃すぎるほどの強者のオーラをまとっていた。

今大会、シード選手としては二番目。でも、どんな大会の第1シードを見たときよりも、そのプレーに衝撃を受けたのをよく覚えている。それは、普段シード選手を見てケッとなるのとは、少し違っていた。あまりにも遠い背中は、ウェアが紺色のはずなのに、まぶしさで白く光り輝いて見えた。まるでここまで来てみろと、そう言っているかのようだった。

＊

「お願いしゃーす！」

四月には少しぼやついていた一年の声が、一ヶ月経つとだいぶ締まってくる。練習の準備が早くなり、ボールアップの動きにも無駄がなくなる。受験戦争で漂白された生っ白い足が少しずつ日に焼けて、テニス部らしくなってくる。

仮入部段階でわざとキツいトレーニングを多くやらせるのは、ファッションテニスを求めてやってくる軟弱者を振るい落とすため――とは先代の部長に聞いた話だが、あながち冗談でもなかったらしい。本入部を決めた新入部員は五人と決して多くはないが、粒は揃っている。これなら今の二年と一緒に、来年を任せられるだろう。

五月。いつのまにか、部長として、引退後のことを考えなければならない時期になった。かつての部長たちが、脈々と、一度も切らすことなく繋いできた部のバトン。それが今年は自分の手の中にある。それなのに……

「川木先輩、ちわーっす!」

「うーす」

一年の挨拶に、穏やかに返しながら練習に出てくるこいつの顔を見るだけで、そんなバトン、投げ捨ててしまいたくなるのはなぜなんだろう。

夏の都立対抗戦に、川木はいない。チームをまとめ、引っ張るのは俺の役目となる。別にそのことに苛立ってるわけじゃない。今まで川木が戦ってきた各チームのエース級とやり合うのは、相手が強ければ強いほど闘争心をかき立てられる俺にとって、喜ばしいことだ。そもそも川木の海外行きだって、すごいことなのはわかってる。むしろ、応援すべきことだって。

でも俺は、あの話を聞いてからずっと、川木に苛立っている。

俺がどんなに部長としてチームをまとめるって言っても、チームの支柱はずっと川木だった。いつだってチームに白星をもたらしてくれる、絶対的エースの存在。それがどんなに心強いことか、きっと本人は自覚していない。

だから無責任にも、なんの相談もなく、事前に一言もなく、あんなことが言えてしまうのだろう。

＊

「アメリカに来ないかって誘われた」

と川木が言ったとき、本当に意味がわからなかったのだ。なにを言い出すんだ、こいつはと思って。

「なんの話だ」

ラーメンの替え玉を注文してから問いただすと、川木はまるで天気の話でもするようにしゃべり始めた。

「ほら、冬に強化合宿みたいなの俺行ってきたじゃん。見にきてたおっかねえオッサンに声かけられてさ、連絡先交換したんだよ。そしたらこないだ電話かかってきて。アメリカにプロの養成してるでかい施設があって、そこ関係の人だったらしいわ」

どこぞの私学が主催している合同合宿のことか。確かに呼ばれていたな。公立の選手としては異例の呼び出しだと部内でも少し話題になった。

「……まじ？」

「マジなんだな、これが」

川木と高瀬が呑気に笑いながら会話をしている。

そのときはまだ「へえ」くらいに思っていた。卒業後の話かと思っていたのだ。

「七月くらいにいなくなるわ」

その一言で、俺は目を剝いた。

「七月⁉　おまえ、インハイは⁉　都立対抗は⁉」

川木はへらっと笑った。

「まあ……出れないよな。すまん」

「すまんって、おまえな……」

タイミングを見計らったように置かれた替え玉には意識せずとも手が伸びた。スープの中へひっくり返し、少しタレを足して、軽くほぐしてから箸で持ち上げる。勢いよく口へと運んだ麵は、けれど味がよくわからなかった。

それからの話はほとんど覚えていない。高瀬が具体的な州とか生活っぷりとかを訊いていたような気がするが、そんなことはどうだってよかった。二個目の替え玉をハリガネで頼み、文字通り針金のような麵を機械的に啜りながら、俺の頭の中はうまく現実を受け入れられずにぐるぐると渦を巻いた。胃の中に落ちていったストレートの麵も、ぐるぐると絡まっていくような感じがする。

「……アメリカか。遠いな」

ずっと黙っていた徹がつぶやいたので、少し意識を引き戻された。

「飛行機で十五時間くらいだよ。来れない距離じゃねえだろ。今どきメールだってあるんだしさ、連絡くれよ」

川木が脳天気に言っている。

「つまり、プロを目指すってことなのか？」

徹のその問いかけで俺は顔を上げた。

徹は真剣な眼差しで川木を見つめている。高瀬は楊子を咥えている。川木は質問をした徹のことを見返していた。なにも言わなかったが、その目を見て、俺たちは全員、あいつが本気なんだってことを、はっきり理解した。

すげえことだ。応援したいと思った。

でも、胸の内がもやもやとして、俺は「頑張れよ」の一言が言えなかった。ゆっくりと自覚したのは、強い苛立ちと、そして強烈な——焦り。

＊

三年になってすぐ、進路調査票なるものが配られて、俺たちはちょっとした現実を突きつけられる。確か二年のときにも書いているはずだけど、内容なんて全然覚えてなくて、とりあえずめぼしい大学名を書きかけて手が止まった。

ああ、あいつのせいだ。あいつが、あんなことを言うから。

春。

高校三年の、春。

あと一年を切った、卒業までの時間。

この四月から、やっと真剣に進路に悩み始めたやつなんて、たぶん掃いて捨てるほどいる。でもなんとなく、自分のそれは、他のやつのそれとは、少し違う気がした。他のやつらは、今まで考えていなかったから焦っているだけだ。でも俺は、今までもきちんと考えてきた。勉強だってしてきた。進学するつもりだった。そこに深い理由はなかったけれど、学びたいことなんて、大学で見つければいい。

でもそれって、なんだかとてもふわふわしている。

とりあえず進学、というのは、逃げなんじゃないのか。大学だってタダじゃない。漫然と行ったたって時間の浪費だ。なんとなく理系を選んだことも、今となっては軽率だったかもしれないと思う。自分が本当にやりたいことは、この道の先にあるのか？

そもそも俺は、大学へ行くべきなのか？

思い返すと、俺の高校時代には部活しかなかった。親に「もう少し将来のこともちゃんと考えなさい」と口うるさく言われたことが、今さら脳裏をよぎる。考える気がなかったわけじゃない。ただ、もっとずっと先のことだと思っていた。もっと、ずっと、遠い未来。

小さい頃は、テニス選手になるんだって、途方もない夢を語っていた。

あれから十余年が過ぎて、幼い頃に見ていた夢をそのまま見続けられるやつは少ないんだと、それがわかる歳になった。寂しいけれど、しょうがない。十七歳って、思っていたよりも未来なのだ。俺はもう、その未来に立ってしまっている。

ここまで来たら、前に進むしか選択肢はない。だから、とりあえず道の入り口だけ決めとくか、くらいに考えていたのに……。

突然、馬鹿でかい夢を現実にしようとしているやつが、目の前に現われてしまった。

それは俺みたいに、もやもやとしたまま、何も見えてないような、曖昧な未来じゃない。一本道の、まっすぐで、でかい未来を、あいつは見据えている。

「……なんでそんな簡単に選べんだよ」

俺は小さく舌打ちし、書きかけた第一志望をぐしゃぐしゃっとシャーペンで塗りつぶすと、そのままラケットバッグの奥底へ勢いよく突っ込んだ。

「遅ぇって。もっと早くリカバリー入れよ！」

川木が苛立ったように声を出した。俺は吐き捨てるように「すまん」と謝る。川木の言い方には苛ついたが、ボールに追いつけなかったのは事実だった。

どうにも動きが悪い。っていうかのろい。シューズから根でも生えたのか、コートから足を上げるたびに抵抗を感じる。あるいは、重力が二倍にでもなったかのような……。先日のインハイ予選・個人戦の疲労だとは思いたくなかった。予選四回戦負けの俺と、本戦ストレートインで決勝まで戦っている川木の試合数は大して変わらないし、ダブルスまで含めたらむしろ川木の方が試合数は多いはずだ。もともと体力だって俺の方があるのに、なんであいつがピンピンしてて、俺がバテバテなんだ。あり得ん。

週末のインハイ予選・団体戦で俺はシングルス1で出る。川木がダブルスで出るためだ。S1には、多くの学校がエースを置いてくる。強豪校ならだいたいは格上、俺が百パーセントを出せたとしても勝てるかどうかはわからない相手だ。練習でこんな有様じゃ、スコンクで叩きのめされるのは目に見えている。

「追いつけるダロッ、走れ！」

川木が喚いた。俺が賢明に伸ばしたラケットの先を掠めて、緩いダウン・ザ・ラインが抜けていった。

「くそッ」

こいつとラリーをすると、いつもこうだ。妙に右に曲がってくるフォアハンド。弾むボール。えぐいコース。左右に振り回されて、ちっとも自分のテニスをさせてもらえない。気がつくとコートの半分ががら空き、チャンスボールとオープンスペースを同時にプレゼントして、羽毛みたいな軟打でするするーっとエースを取られてしまう。

テニスとしては理想形だ。

自分ができたら気持ちいい。

でも相手にやられると、腹が立つ。

特に今、川木にやられると、猛烈に腹が立つ。

いらいらしてラケットを放り投げると、「おいおい」と川木がたしなめた。

「なにカリカリしてんだよ。ちゃんとボール見ろよ」

「見てるッ」

俺は呻（うめ）きながらラケットを拾い上げた。今のでフレームの側面に引っかき傷ができていて、自分でやったくせに後悔が募った。

わかってる。わかってるさ。

川木と全面ラリーをして、勝てないのはいつものことだ。いつものことだけど、内容はもうちっとはマシだ。今日ダメなのは、俺がカリカリしているからだ。雑念が多い。気持ちが揺らいでいる。集中できていない。それで思うようにいかなくて、ますますいらいらする。悪循環だ。

「少し休憩したら?」

浅井がコートの外から声をかけてきて、ふと時計を見ると午後五時だった。いつのまにか、日が沈みかけて、オムニコートをオレンジ色に染めている。火曜は本来練習のない日だが、今日は大会前ということでレギュラー練習が行われている。授業が終わった十五時半頃に練習が始まって、一時間半。まだ一時間半しか経っていないのか、と思い、そう思った自分にぞっとした。

まだ、ってなんだ。

もう、だろ。もう一時間半も過ぎてるんだ。俺はこの九十分、いったいなにを練習していたんだ?

川木はすでにコートの外に出て、浅井からスポーツドリンクを受け取って水分を補給していた。隣のコートでは徹と白石と澤登がサーブ&リターンの練習をしている。そっちにも浅井が声をかけて、休憩するように言っていた。本来なら、練習の指揮を執り適度に休憩を入れるのは俺の役目だ。いったいなにをしている。最近の俺は、どうかしている……いや、俺たちか。

高瀬は新学期になってからいつになくやる気がない。

徹はどうも川木とのダブルスで悩んでる。

俺は見てのあり様だ。

こんなんで団体戦大丈夫か？　大丈夫じゃないだろうな。でも川木はきっと大丈夫なんだろう。川木だけが、いつだって大丈夫だ。

そのことにまたいらいらとして、俺は舌打ちをこぼした。


五月中旬。東京都高等学校テニス選手権大会・団体の部が始まろうとしていた。俺たち三年にとっては、インターハイをかけた最後の挑戦となる。

快晴に恵まれた、五月晴れの朝だった。会場に着いて深呼吸すると、軽く身震いが出た。さすがに緊張しているな。それとも武者震いってやつか？　会場にはすでに多くの学校が集まってきていて、色とりどりのウェアやウインドブレーカーが、それぞれに自分たちのチーム・カラーを主張している。

今日ここで、四回戦まで勝ち抜かないと、来週に残れない。確かその時点でベスト32。ベスト5までが関東大会に出られるが、東京のインハイ枠は二校しかない。つまり、この大会で決勝進出することが条件だ。個人戦以上の狭き門をくぐり抜け、名だたる強豪校を下したほんの一握りだけが、八月のインターハイ本戦で東京代表を名乗ることを許される。

去年の結果は五回戦敗退。俺は補欠だった。先輩や川木が戦うのを、コートの外から見ていた。今年は違う。コートの上で、S1として戦う。それは去年の、川木のポジションでもある。ちなみに去年、川木は一度も負けていない。

午前八時半。指定した集合時間までには全員が到着した。高瀬も川木もちゃんと来た。一年も全員いるようだな……けど、二年がダメだ。ちゃんと後輩に気ィ配れよと言っておいたのに、やることがわからなくて棒立ちの一年になんの指示出しもしていない。

「白石」

尖った声が出た。白石がびくっとして俺の視線に気づき、慌てて一年のところへ走っていった。少し遅れて他の二年も追随する。それじゃ遅ぇだろうがよ、言われる前に気づけ。

「あんまピリピリすんなよ、ぶちょー」

高瀬にたしなめるように言われて、俺はやつをにらみつけた。

「おまえはもう少し気を配れよ」

「教育係は二年だろ」

「その二年が動かなかったら、突っつけって言ってんだよ。おまえだけだろ、試合ない三年は」

「ハイハイ」

高瀬は気にしたふうもなかったが、反省した感じでもなかった。そのうち、隣の川木を突(つつ)いて遊び始める。やれやれ……。

九時を過ぎるとぼちぼち試合が入り始めた。

インターハイ団体戦は三本勝負。シングルス二本、ダブルス一本。選手を登録するときに、部内での順位も登録する。その順位を入れ替えるような、作戦オーダーは不可。基本的には、お互いのチーム内の、同じくらいの順位の人と戦うことになる。

団体戦というのは、卓越した個よりも、チームとしての厚さが求められる競技だ。スポーツ推薦などで、手広く有望な選手を集めている私立の方が有利と言われる所以(ゆえん)はそこにある。要するにワンマンじゃ勝てない。

去年の三年生が夏に引退するとき、俺に繰り返し言った言葉がある。

――山本。このチームを、川木のワンマンチームにするなよ。

徹や澤登、白石はレギュラーメンバーだが、どこか川木に勝つことを諦(あきら)めてしまっている。彼らですらそうなのだから、非レギュラーの二年、新入生は言わずもがなだ。実際、川木に肩を並べるというのは、並大抵のことじゃない。俺だって、先輩には「させませんよ」とかっこよく返事をしたくせに、結局川木には一度だって勝てていない。

それでも俺は、その先輩の言葉を深く心に刻んでいる。川木に何度負けても挑むことはやめなかったし、勝つためにどうすればいいのかをずっと考え続けてきた……。

ふと横を見た俺は、ぞっとした。

その川木が、いつになく真剣な眼差しでラケットを見つめていた。

頼もしさが一瞬湧いて、それはすぐ苛立ちに変わった。

川木を頼もしい、と思った自分に苛ついたのか、それとも川木自身に苛ついたのかは、よくわからなかった。最近俺は、いつもいらいらしている。

「おい、隣でピリピリすんなよ」

川木が俺の気配に気づいて、怒ったように言った。

俺は頭を振る。

今こいつに苛立ってもしょうがない。まずは目の前の試合に集中だ。


一回戦、二回戦は危なげなく勝ち進んだ。川木と徹のダブルスは、練習のときにぎくしゃくしていたのが嘘みたいに息ぴったりで、気持ちいい快勝だった。シングルスは二戦とも俺が辛勝。澤登は一試合目はタイブレで負け、二試合目はほぼスコンクでぶっ飛ばされた。応援する側にとっては「どんまい」で済むけれど、選手的にはどっちも心にクる負け方だ。

「すいません……足引っ張って」

「いや、俺も人のこと言える内容じゃない」

へこむ澤登に感化されて、俺もテンションが上がらなかった。川木は試合が終わるたびにブルーシートの上で横になり、力を溜め込むように目を閉じている。「寝てるんじゃないだろうな」と訊いたら「大丈夫、起きてる」と徹がぼんやりと言った。

三回戦。

ぼちぼち強い学校に当たるだろうと思っていたら、案の定東京じゃそこそこ名の知られた準強豪校に当たった。インハイ実績があるほどの超名門じゃないけど、個人でも都の本戦に出てる猛者が二人いる。特に水瀬というのがやばい。今年の都個人戦績はベスト32、去年はベスト16まで行ってる強者だ。S2の大沢も都本戦出場の実力者、この二人をどう処理するかが肝だな……。

試合前にメンバーを集めて、オーダーを相談した。といっても、念のための確認だ。うちの基本オーダーは決まっている。

「ダブルスは川木・石島でいいな」

川木がうなずいたが、徹が手を挙げた。

「たぶんあっちは水瀬をS1に置いてくる。S2が大沢だろ。ダブルスの方が層が薄いはずだから、そっちに山本と澤登を当てた方がいいんじゃないのか？」

インハイは作戦オーダー禁止だが、ダブルスのメンバーは登録選手五人の内から好きな組み合わせで選ぶことができる。ダブルスのオーダー次第でシングルスのオーダーが決まるため、ダブルスに誰を出すかが雌雄を決することはままある。

「水瀬は翼なら勝てるよ」

川木がなんでもないように言った。

「いや、おまえな。俺の戦績分かって言ってんのか」

都本戦にも出たことねーんだぞ、と思うが川木は意に介さない。

「ちらっと見たけど、相性いいよ。あっちもガンガン打ってくるタイプだから。打ち合いなら得意だろ。一、二回戦よりやりやすいよ、たぶん」

「水瀬の試合なんか、いつ観にいったんだ？」

「個人戦で」

ああ……そうだった。こいつも本戦選手だった。

「サワも頑張ればS2いけると思う。大沢も結構バコいけど、ミスあるから。粘ってればポイント獲れるよ」

こういうとき、エースの存在を強く感じる。

一、二回戦の試合内容でへこんでいた澤登の目に、光が戻るのが俺にはわかった。

部長がどんなに必死に励ましをかけるよりも、エースの一言の方がよっぽど強い。

川木に言われて、滾らないやつなんていないのだ。東京都二位の言葉は重い。

川木がそう言うなら、ということで、オーダーは一、二回戦と同じでいくことになった。

ダブルスの試合から始まって、一、二回戦よりはやっぱり緊張感もあって、コートの外から見ていてもそわそわする。川木と徹のダブルスは安心して観ていられる方だけど、公式戦の団体戦はやっぱり特別だ。

「川木先輩、石島先輩ファイトー！」

「一本先行ー！」

一年がダミ声を張り上げる横で、俺も「まず一本！」と叫んだ。

川木のサーブ。

緩やかなトスアップ。

力の抜けたゆったりとしたフォーム。

掲げたラケットが急加速し、目にも留まらぬスピードでスイング、インパクト。

コートを駆け抜ける黄色の閃光が、背後のフェンスをけたたましく鳴らした。

日頃見慣れていても、取れないことの方が多いサーブだ。初見の選手じゃ、まず反応できない。

「15－0」

「ナイスサーブ！」

「ナイスサーブ川木先輩！」

これもエース様のなせる業か、と俺は自嘲気味に笑った。

盛り上がる一年や二年に自覚はないだろうけど、同じ声援をコートの中で聞いているからわかる。川木のときと、俺や澤登の試合のときでは、全然違うのだ。声のトーンというか、テンションというか。確かに川木のプレーには派手なところが多いし、見ていて楽しいのはわかる。でも、それだけじゃない。結局のところ、それが川木の背負っているものだ。期待と、羨望。一身に背負いながら、それでもなお身軽に飛んでみせる頼もしさ。自然と応援したくなる背中。

都立対抗で、おまえに同じことができるか？　と頭の中で誰かが訊いた。

即答できなかった自分に、どきりとした。

「ナイスゲーム！」

気がつくと川木たちがファーストゲームを獲っていた。この感じなら、大丈夫だろう。今日の川木と徹は、いつになく調子がよさそうだ。

でも俺は少し、その試合を見るのが苦しくて、応援は若干上の空になった。

エースの後の試合ってのは、やりづらいもんだ。

川木はいつだってチームの士気を上げるだけ上げたところでコートから去っていく。彼の勝利の余韻が残るコートは、独特の重たい空気をまとっている。俺が踏み込んでいくと「は？　なんでおまえなんかが入ってきたの？」みたいな気配を感じる。そんなこと、あるわけないけど、いつもそう感じるのだ。

インターハイの試合順がD、S1、S2であるように、団体戦のシングルスってやつはだいたい強い順で行われるから、S1の川木の後にS2の俺が入ることは多い。複数コートで同時進行とかだと、もっと嫌だ。川木の隣で試合をするのは、本当にやりづらい。試合中の川木には引力みたいなものがあって、コートの外のギャラリーも、試合中のボールも、勝負の運も、テニスの女神の視線さえも引きつけてしまうような、重力の塊たるブラックホールと化すのだ。隣のコートで打っている俺の意識すらも、持っていかれそうになる。そういう意味で、今日はまだマシだ。

重たい空気のベールを押しのけるようにベンチに座った。シューズの紐(ひも)をしっかり締め直す。相手はやはり水瀬だった。あっちもベンチに座って、ラケットのガットを静かに見つめている。打ってくるタイプだって言ってたな。バコいのか？　見た目は線細い感じで川木に少し似ているかもしれない。川木は特別バコいってわけじゃないけど、アグレッシブには違いない。ああいうタイプなのか？　せいぜいそうじゃないことを祈っておくとしよう……。

トスの結果、サーブ権は水瀬が取った。

だいたい、サーブを見ると相手がどれくらいのレベルなのかってわかる。水瀬のサーブは安定性重視のトップスライス系、ただファーストもセカンドもほぼ威力が変わらない。しかもいい回転がかかってて、曲がるし跳ねる。これはかなり上手いな。

バックに弾まれると打ちづらくて、俺は最初からリターンのポジションを後ろ目にとった。見た感じ、ストロークにかなり自信を持ってるし、サーブから前には出てこねえだろ……と思うが、あんまり引いて打ち合いたくもない相手だ。攻め込まれると、川木との全面ラリーみたいに振り回される予感がする。

試合は川木の予想通り、打ち合いになった。

お互いサーブは安定しているが、エースを奪えるほどじゃない。川木みたいに積極的にネットプレーに出ることもしないので、確実なチャンス以外はベースラインからきっちり深いボールを入れて、ラリーの主導権の奪い合い。シコいわけでもないけど、お互いに球質が似ていて打ちやすいのか、一回のラリーが長くなる。

体力勝負だな、と思った。

俺の得意分野……の、はずだ。

川木に怒られたときほど、足は重くない。

一回戦、二回戦よりも、ボールはよく見えていると思う。

相手は三回戦の方が遥かに強いのに、なぜか打ちやすい。

——打ち合いなら得意だろ。

川木に言われて、結局俺も奮い立っちまったってことなのか。

調子がいいはずなのに、気持ちがもやついた。

自分のプレーが、どれだけあいつの影響を受けているのか、俺はよくわかっている
……つもり、だったけれど、それはもしかすると、自分が思ってる以上に、大きいのかもしれない。

結局試合は、タイブレークにまでもつれ込んだ。

「翼ァ！　一本一本！　最後まで粘れよ！」

声援の中で、川木の声だけがやけにハイライトされて聞こえていた。そしてそれに呼応するように、自分のプレーがキレを増すのが、嫌でもわかった。

なんだか泣きそうだ。

緩やかに浮いたマッチポイントのチャンスボールを、俺は何かに八つ当たりするみたいに、力一杯相手コートに叩きつける。

澤登は惜しいところで負けてしまったが、試合内容は一、二回戦よりもずっとよくて、顔も晴れ晴れしていた。「次こそ勝ちます！」と気合の入ったその顔を見て、来

年の部長はやっぱりこいつかな、とぼんやり思う。

三回戦を突破した俺たちは、四回戦に挑む。勝っても負けても、今日の試合はこれが最後だ。勝てば来週に繋（つな）がる。負ければ、俺たち三年は、この先の人生でもう二度とインハイに挑むことはない。

オーダーは三回戦と同じ。

相手はシード校。

でも、関係ねえ。

勝つ。勝って、俺たちは来週に繋ぐ。

インハイ出場者が川木だけの、ワンマンチームにはしねえ。

俺らもいくぞ、インターハイ！

気合十分で挑んだ強豪校への挑戦は、ダブルスから接戦になった。相手のダブルスは、都個人でも本戦でベスト8までいっているらしい。川木たちがベスト24だから、そう考えるとかなり格上だ。

それでも川木たちは食らいついていた。選手単体で見れば川木に勝るほどじゃないが、どちらも粒ぞろいだ。ダブルスは単純な足し算では計れないが、総合的な実力ではやや向こうが上回っているか。

「一本先行ーっ！」

俺も必死に叫ぶ。一・二年も声を張り上げる。すでにみんな、高瀬すら嗄れ声だ。

去年も同じようにコートの外から叫んでいた。

去年の四回戦も、熱戦だった。

こんなふうに、少し暮れ始めた空に照らされて、川木がS1を戦っていた……。

あいつは負けなかったのだ。

DとS2はどちらも接戦になって、かろうじてS2で白星をかすめ取り、俺たちは五回戦へと駒を進めた。スコアは常に2－1だったから、川木がいなかったら、きっと三回戦くらいで負けていた。実際五回戦は、S1以外が負けてしまってうちは敗退した。

そういう意味では、去年だって傍から見ればワンマンチームだったのかもしれない。

もちろん、先輩たちに、そういうつもりはなかっただろうけど。

今年だって、そうだ。対戦校に警戒されているのは、きっと川木だけだ。ダブルスに置いてくれてラッキー、くらいに思っているのかもしれない。シングルス二本獲れば勝てる、と思い込んでいるのかもしれない。

だからこそ、勝って証明する。

うちは川木のワンマンじゃない。

川木はエースだけど、川木だけのチームじゃない。

他だって、ちゃんと、強い。

「ゲームカウント、4－5」

川木たちが追い詰められていた。明らかに徹が狙われている。珍しい光景じゃない。川木のことを知っていれば、どのペアだってなるべく徹に打たせようとする。知らなかったとしても、川木の方が上手いことは、ちょっと打っていればわかってしまう。基本的にこのペアは、徹が狙われる宿命にあると言っていい。

「頑張れよ、徹」

俺は呻くようにつぶやいた。

徹の粘り強さと、メンタルの強さ。そして万遍なくカバーに回り、油断するとすかさず刺す川木のポーチがあるから、今まで勝ってきた。都本戦でもベスト24に入った。大丈夫だ。二人は強い。今日も徹は粘っている。下を向くことなく、安定したプレースメントで、相手コートへボールを返し続けている。

「デュース」

川木がポーチを決めて、もつれ込んだ。

「よしっ」

思わず手を握った。いいぞッ。こっから粘れ粘れ！

「まず一本！」

「先行！」

「リターン集中！」

川木と徹がハイタッチを交わし、ポジションについた。お、と思った。フォアサイドの徹のポジションが前気味だ。リターンから攻めるつもりか。相手のサーブは結構速い。タイミングがズレたら、相手にフリーポイントを与えてやることになる。しかしフォアサイドは、確かにさっきからポイントが獲れていない。

「イチかバチかだな」

俺がつぶやくと、隣で白石が生唾を呑んだ。

相手のサーブ。ファースト。

入った！

ワイドへ鋭く切れるスライス。

徹は読んでいた。

フォア寄りのポジションで待ち構え、コンパクトなテイクバックから着弾の上がりっぱなに合わせるようにラケットを当てにいく、
抜いたっ。

動き出しの速い相手前衛のストレートが開き、徹はそれも見逃さなかった。

ストレートへ綺麗に抜けるリターン。

しかし、長さが微妙だった。

出るか？

入るか？

オンラインか？

バウンドし、砂が散った。

ボールの二度目のバウンドとともに、審判がはっきりコールした。

「アウト！」

「そんな！」

俺は呻いた。

入っていたように見えたが、出ていたか？　フェンス越しじゃ、はっきりとは見えない。なにより試合において審判のジャッジは絶対だ。

「どんまい！　ナイスコースだった」

川木が徹に声をかけていた。そもそもミスショットが少なく、試合中表情を変えることの少ない徹が、苦い顔をしていた。

ああ。

本当に、ちょっとの差なんだ。

今のが入っているだけで、試合の流れは変わったかもしれない。

その程度のことが、インターハイの予選じゃ、あちこちで起きている。

でもきっと、その程度に縋（すが）っているうちは、インハイになんて届かない。

次の相手のサーブは、川木がリターンをネットにかけた。珍しいミスだった。それで相手のポイントになり、ゲームカウントは４－６。

ダブルスは、敗北を喫した。


コートから出てきた川木が、珍しくうつむいていた。それを見た後輩は、一様に口にしかけていた「どんまい」を呑み込んだ。負けが少ない選手だから、こういう機会があまりない。みんななんて声をかけていいのかわからないのだろう。

俺だって、わかんねえよ。

川木のレベルで、敗北ってやつがどんな意味を持つのか。

今は、チームメイトとして、言えることは一つだけ。

「任せろッ」

川木と徹の背中をばしんと打って、俺はコートへ向かう。

ここで負ければ、チームとしても負けだ。四回戦敗退。その文字が否応（いやおう）なく頭に浮かぶのを、かき消すように頭を振る。気合を入れる。勝つんだ。Ｓ１には踏ん張りどころが回ってくる。今がまさに正念場だ。

けれどコートに入ろうとして、俺はびくっとした。

違う。

いつもと違う。

そうか。川木の後に入るとき、いつだってそこには勝利の余韻があった。

でも今回はそうじゃない。

エースの敗北の残滓は、勝利の余韻なんかよりもずっとねっとりと、重たくて、しつこく体にまとわりついて、俺は足が動かなくなる。

相手の選手がコートに入り、悠々と視線を横切っていく。

俺でも名前を知っている有名な選手だ。

でもたぶん、川木なら勝てる相手だ。

オーダーをミスった、という意識が不安を撫でて、心臓が軋んだ。

川木を単体でシングルスに置いておけば、可能性はあった？　少なくとも一勝はあげられたはず……でも、果たして俺と澤登で、川木と徹が勝てなかった相手を倒せたかというと……難しいだろう。でも徹がＳ２だったら、もしかしたら、

「翼ァ！」

喚き声がして、俺ははっとした。

「勝てよ！」

川木だった。

頭からタオルをかぶり、目元を赤くして、フェンスにしがみつくように叫んでいた。

「絶対勝てよ！」

応援というか、もはや命令だった。

俺は戸惑いながらうなずいた。

おまえ、泣いてんの？

そんなことを、ぼんやり頭の隅で思った。


試合内容はよく覚えていない。別に動きは悪くなかった。集中もしていたし、いいプレーはできていたと思う。

だが、届かなかった。ボールの回転、威力、プレースメント、ゲームメイク、タッチ、すべてにおいて俺が劣っていた。

最終スコアは3－6。その後の澤登が4－6で敗北。

四回戦敗退が決まった瞬間、川木はしゃがみ込んで、しばらく何を言っても立ち上がらなかったと、後で徹から聞いた。

＊

「おまえだけだぞ、まだ出してないの」

インハイ予選が明けた五月第三週のことだった。担任でありテニス部顧問でもある北沢に言われて、俺は「はあ」と間抜けな返事をした。

進路調査票のことだった。確かに、出した覚えがない。第一志望を書きかけて、ぐしゃぐしゃっと塗りつぶして……その後、バッグに入れたのだったか。それとも机に入れたのだったか。ロッカーだったような気もする。とにかく、書いていない。

試合の間は無我夢中で、進路のことなんかすっかり忘れていた。でも週が明ければ学校は始まるし、現実は目の前に立ち塞がる。俺は自分が高校生、それも高校三年生だということを、嫌と言うほど意識させられる。それなのに俺はまだ、インハイ団体戦の敗北をどこか引きずって、現実に帰れずにいる気がする。

俺がもっと強かったら。

オーダーを変えていたら。

もっと練習していたら。

あの一瞬、ミスをしなければ……。

後悔はいくらしてもし足りない。自分は本当にベストを尽くしたのかどうか、俺には確信が持てない。

北沢は人の気も知らず、他の生徒の進路調査票をぱらぱらとめくりながら、眠そうに言った。

「おまえ、成績いいんだから。いいところ狙えるだろ。ちゃんと考えろよ。この先の人生を左右する大事なことなんだからな」

「はあ」

俺はいまいち上の空な返事をする。北沢が「早く持ってこいよ」と話を切ろうとして、俺は我に返った。

「あのー、先生」

「ん？」

「紙、なくしました」

北沢がこっちを見て、深々とため息をついた。

「なにやってんだよ。部活もいいけどな、受験生なんだからな。自覚持てよ」

「……ハイ」

新しい進路調査票を片手に、俺は職員室を後にした。

第三志望までの空欄を見つめて、どうすっかなと考える。廊下を歩きながら、ふっと川木のことを思う。あいつは進路調査票、なんて書いたんだろうな。書かなくてもよかったのかな。それとも「海外留学」とか書いたんだろうか。

国内だったら、プロって、どうやってなるんだろうな。よく知らない。そもそもプロってなんだ。プロ転向、とかテレビでたまに見かけるけど、何をもってプロなんだ。

携帯で「テニス　プロ　なり方」と調べそうになって、俺は頭を振った。

調べてどうすんだ。

子どもじゃないんだ。

十八歳になる今年、俺たちはもう、高校三年生だ。

テニス、テニス、なんて言ってられない。

もう、大人になるのだ。

夢を見る時間は、終わるのだ。

この先の人生を考えて、自分に適正のあること、やりたいことを考えて、できないことを諦める時期なのだ。

馬鹿みたいに何かを必死に追い求める時間が、終わるのだ。

「体調が優れないのでオレとユウ、部活休みます」

姿が見えないと思ったら、高瀬から馬鹿なメールがきていた。

携帯の画面をしばらく見つめ、俺は盛大に舌打ちする。近くで練習の準備をしていた女子部の一年が、怯えた目でこっちを見た。

「日々乃」

倉庫の陰で日焼け止めを塗っていた日々乃を呼びつけ、携帯の画面を見せた。二人と同じクラスの日々乃はメールを読み、顔をしかめる。

「普通に元気そうだったけど」

「だろうな」

俺は唸りながら高瀬の携帯に電話をかけた。……出ない。次に川木の番号を出したが、なぜかかける気が起きなかった。結局、高瀬宛にメールを送る。

「普通に元気そうだったって日々乃が言ってるけど」

送るだけ送って、もう一度舌打ち。見ていた日々乃が「珍しいね」とつぶやいた。

「あいつが、テニスをサボるなんて」

「高瀬にそそのかされたんだろ」

川木にはそういうところがある。

二面性。コート上でのテニス一心な川木裕吾。一方で、高瀬みたいなおちゃらけたやつとも気が合う。そっち側に寄ってるときのあいつは、練習なんか、平気で休みそうなところがある。

しかしな。

今まではなんだかんだ、そんなことはなかった。

なのに、このタイミングでやるか。

インハイ明けだぞ。おまえ、泣いてただろ。悔しかったんじゃねえのか。

もう終わったからどうでもいいってか。ふざけんな。

——海外へ行くから。そっちが本気の進路だから。だからもう、部活なんか、どうでもいい。

言うはずがないとわかっているのに、脳裏でそんな川木の声が聞こえた。初夏の空の青さすら憎くて、思い切り叫びたい気分になった。

「練習始めるぞ」

と徹が声をかけてくれなかったら、マジで叫んでいたかもしれない。

結局川木のサボりはやっぱり高瀬が主犯で、一応高瀬も絞めておいたけど、それ以上にキレたのは川木にだ。とはいえ徹がすでにだいぶ叱ってくれたみたいだし、女子部も宮越が殴ってくれたとか……一番に怒りそうな浅井が何も言っていないようで、それはそれで気になったが、ともかくいろんなやつが川木を怒ってくれたようで、俺が改めて言うようなことは何もない気がする。……というより、俺は今、なんとなく、川木と向き合うのが嫌だ。あいつの目を見るのが嫌だ。

それでも部長が話をしないわけにはいかんだろう、ってことで、練習がない日に捕まえて、放課後の空き教室で話をした。

よくよく考えると、こいつとサシで、ってことはあまりない。テニスは別として、特に気が合うわけでもなかったし、三年間クラスも違ったし、部活外の接点がほぼないんだよな。知ってる情報なんて、血液型に誕生日くらいのもんだ。同じことを川木も思ったのか、「珍しいな」と笑った。なに笑ってんだよ、と思いつつ、「ほんとにな」とぼやくように答える。

で、まあ怒った。なんでサボった、ってことを訊いて、高瀬に誘われて、って言うから、いやそんなのホイホイ付き合うなよ、ってちょっと呆れて、まあそんくらいだ。一度も目は見なかったから、説得力には自信がない。

「おまえな、エースなんだから。そういうの、チームの士気に影響すんだから」

俺がため息交じりに言うと、川木は頭をかいた。

「ワリ。ちょっと気ィ抜けてた」

「二度とすんなよ。そんで、高瀬にも言っとけ」

「ン」

高瀬は最近練習に来ていない。このまま辞めるならそれも仕方がないが、結局それだって、川木が海外へ行くって言いだしたせいなんだろう。そこんところ、こいつはわかっててサボりに付き合ったのか？

「ったく。もうすぐ都立対抗だってあるんだからよ……」

思わずぼやいてしまった言葉は、がらんとした教室に妙に大きく響いた。

「俺は、出ないよ」

はっきりそう言われて、俺は思わず顔を上げて、あいつの目を見てしまった。

揺らぎのない瞳だった。未来をまっすぐに、迷いなく見据えている目だと思った。

俺はしばらく答えられなかった。それから何かがふつふつと、胸の底から湧いてくるのを感じた。それは、川木が部活をサボったことに対する怒りじゃない。もっと別の、ここ最近ずっと感じている、もやもやとした苛立ちだ。

「だめだ」

力強く、まるで押さえつけるように、そう言った。

なんだかんだ、俺はそれをこいつに言ったことはなかった。頭の中では色々思いつつも、「行くな」と言ったことはなかった。部員はみんな、もう川木が海外へ行くものだと思っているし、実際退学の手続きだってしてしまっているだろう。

それでも、一度口にしてしまうと、それは引っ込みのつかない言葉だった。だっておれは部長なのだ。どんなに悔やんでも、恨んでも、俺とお前は同じ年に生まれて、同じ学校で、同じチームで、おまえはエースで俺は部長だ。エースがエースたれと、部長が言わないなら誰が言うのだ。そうだろう？　……そうだよな？

「おまえがチームを抜けるのは認めない」

「でももう、決まっちまったし」

川木が困ったように笑った。

「そんなの、いくらだってキャンセルできるだろ」

「無茶言うなよ。なんて説明すんのさ」

「十分すぎる理由があるだろうが！」

俺は喚いた。

わからないのか？

本当に、わからないのか？

おまえはエースなんだ。

エースが抜けるってことは、人が一人いなくなるってだけじゃない。

チームの柱が、すこんと、丸々、なくなるってことなんだ。

下手したらその上に乗っかってたものが全部、崩れて落ちちまうかもしれないってことなんだ！

「わかってるのか？　おまえがいなくなるってことは、」

俺は喚き続ける。エースが抜けることの損失を喚き散らす。そんじょそこらのエースじゃない。おまえはスーパーエースだ。おまえがコートに立てば、みんな勝ってくれると思ってるんだ。確実に白星をあげてくれると信じてるんだ！

何を言っているんだ、と頭のどこかで理性が囁くのが聞こえた。

うるせえ。間違ったことを言っているとは思わねえ。

インハイで、川木の言葉に奮い立ってしまった自分。

個人戦でインハイ出場を決めるような、絶対的エースの存在。

信頼。羨望。真似をしているやつだって、うちの部には少なくない。そのプレーに、チームの士気が乗っかっている。チームメイトであるだけで、心強いと思っている。川木が声をかけるだけで、部長の俺なんかの一言より、何倍も威力がある。そういう存在なんだ。

それが抜け落ちた穴を、自分には埋められない。そう、

「俺におまえの代わりはできねえんだよ！」

俺は床を睨んでいた。限界まで目を見開いて、鼻の穴を膨らませて、もしかしたら白目が血走っているかもしれない。

川木は静かだった。怒鳴られているのに、微塵も動じていない……少なくとも、俺にはそう感じられた。

「……それでも行くと言ったら？」

俺は呆れた。

こいつには、なにも通じないのか。

わからないのか。

言葉では、伝わらないのか。

ああ、そうかよ。

だったらしょうがねえ。

「じゃあさ、」

その言葉は半ば、やけだった。俺は川木の顔を見て言った。

「おまえ、来月の部内戦で、俺に負けたら部に残れ」

川木の目が揺らいだ。

驚いているようには見えなかった。

疑っているようには見えた。

何を言っているんだ、と思っているのかもしれない。

「なんで？」

と、川木が訊いた。

なんで？

確かにな。理屈が通らない。まあ、理屈じゃねえからな。

「俺に負ける程度で、海外で通用するわけねえだろ。おとなしく日本で満足しとけ」

頭ではわかっている。

俺は川木に勝てない。片やインハイ出場選手、片や予選落ちの男だ。箔すらつかないのだ。勝負になんか、ならないことはわかっている。

言っただろ、理屈じゃない。

それか、俺がただ納得したいだけなのかもしれない。これで負ければ、納得するしかない。自分でした約束なのだから、仕方がないと、無理にでも言い聞かせることができる。

「……わかった」

川木は静かにうなずいた。夕焼けのせいか、その目が赤く燃えているように見えた。静かな瞳だった。けれど、今度は確かに揺らいでいる。夏の陽炎のように。

「じゃあな。明日からはちゃんと練習来いよ」

俺はそれだけ言って、先に教室を出た。入り口で振り返ると、夕焼けに照らされた川木の影が、茜色に染まった教室の床に、長く伸びているのが見えた。

＊

六月になって、足首を少し痛めた。

ここのところ少しオーバーワーク気味で、自主練やトレーニングをやり過ぎていた自覚はあったが、違和感を覚えたのは五月下旬に入ってからだ。医者に診てもらったところ、大事はなかったが、しばらく激しい運動は控えるようにとのことだった。

梅雨でよかった。どっちにしろここのところ、雨が続いてコートでは打てていない。二週間ほど休んで今日、軽いリハビリから始めることになり、浅井に手伝ってもらうことになった。

小雨が降っている。ひんやりとした空気が吹き抜ける渡り廊下には、テニス部と、サッカー部と、野球部がそれぞれにテリトリーを主張し、トレーニングに励んでいる。個人メニューでリハビリの俺は、少し離れたところで浅井に背中を押してもらいながら、足首の調子を確かめていた。

「そっか。バレバレかあ……」

……正直どうでもいいことだが、浅井は川木のことが好きだ。

部で知ってるやつはそれなりにいる気がするけど、当の本人たちにその自覚はない。

で、ここのところ浅井がその川木と微妙に距離を置いているわけだ。そこに首を突っ込むのは果たして部長としての責務だろうか、と思いつつ、二人きりの機会にやんわり突いてみたら、思いのほか浅井が真っ赤になってしまって後に退けなくなった。

なにをやってんだ、俺は。恋愛相談なんてキャラじゃねえよ。

そう思いつつ、自分から振ってしまった話を無理やり畳むこともできなくて、仕方なしに浅井の言葉を待つ。

「諦めようと思ったの」

彼女はやがて、ぽつりと雨の粒が落ちるように、そうつぶやいた。

「なんで？」

浅井がそう思う理由はきっと色々あるんだろうが、俺にはよくわからない。

「だって、脈ないもん」

「何を根拠に？」

俺は少しいらいらしながら訊き返す。

「全然、メールとかこないし」

「それ、理由になんの？」

「そういうもんなの。連絡するでしょ、好きだったら」

女心ってやつか？　よくわからん。

「今好きじゃなくても、将来的な可能性の話は別だろ」

「可能性もないよ。だって裕吾は……」

浅井が言いよどんだ。

「一緒にテニスできる子が好きなんだよ」

「日々乃のことか？」

それは確かにぱっと思いつく。川木はよく日々乃と打っているし、付き合っているという噂も聞いたことがある。結びつけるのは、簡単だ。実際、川木は日々乃のことを気に入ってはいるだろう。

「まあ、そうかもな。けど、それは恋愛的な話とは別だと思うぞ」

実際のところどうだったのかは知らないが、少なくともあの二人が並んで夢の国に行ったり、プリクラ撮ったりしているのは、俺には想像がつかなかった。俺が言えたことじゃないが、あいつらの関係を一言でいうなら、ただのテニス馬鹿だ。それは浅井だってわかってるはずだ。

浅井は一瞬口ごもり、すぐに言い返した。

「でも、テニスしてるときのあの二人は……」

言いたいことはわかる。けど、

「コートの上で付き合うわけじゃねえだろ」

まったく、なんで俺がこんなこと言わなきゃいけねえんだ。

「むしろコートの外の付き合いで言ったら、浅井は一番可能性あると思うけどな」

「あいつ、私のこと女子とも思ってないよ」

「それは浅井次第じゃん。川木が勝手に変わってくれるの待つのか？　テニスしか頭にないようなやつだぞ。時間かけて、あいつの頭ン中にテニス並の優先順位で割り込む覚悟がなきゃ、そりゃあ……」

自分で言っていて、なにを言ってるんだろうな俺は、と我に返った。人にアドバイスできるほど、川木と深い仲でもない。そもそも俺の言えたことなのか？　あいつの頭の中、優先度「高」のテニスと、優先度「中」くらいのインハイ、都立対抗、部活のこと、チームのこと……つい先日、割り込めなかったのは、俺の方じゃないのか？

こんなこと、浅井に言うべきじゃない。

言葉を変えた。

「浅井の悪いところは、自分に自信がないところだな」

もっとシンプルで、わかりやすいエール。

ガラじゃねえけど、浅井が待っているみたいだったから。

「自分で自分の可能性に限界を作るのは、つまらないぜ」

浅井に言ったはずなのに、まるで自分で自分に言い聞かせているみたいに聞こえた。

「……いいね。山本のそういうところ、好きだよ」

浅井がにやっとして、俺は苦笑いした。似合わない台詞だってことには、自覚くらいあるさ。言葉ってのは、同じ内容でも言うやつによって全然違って聞こえるもんだ。言うべきやつが言った台詞なら、どんなやつの耳にだって、すんなり染みていく。

びゅう、と風が吹いた。横風に煽られて、屋根の下にも雨が吹き込んでくる。ウインドブレーカーの上にぽつぽつと水滴がついて、撥水加工に弾かれて転がり落ちていく。コンクリートの上に、小さく染みを作る。蟻が一匹、その染みの上を横切っていった。

「……浅井の言葉なら、届くのかもな」

俺がぽつりとこぼすと、浅井が首を傾げた。

「俺じゃだめなんだよ。俺の言葉は、あいつには届かない」

視線の先には、トレーニング中の部員たちの姿があった。俺は意識的に川木を見ていなかった。でもたぶん、浅井にはわかったはずだ。

「逆じゃない？」

と、浅井は笑った。

「私の言葉こそ、裕吾には届かないよ」

そうだった、浅井はそう思っているんだったな。俺はそうは思わないけれど、きっと浅井の場合は逆ということなんだな。

俺たちはしばらく、部員たちの様子を無言で眺めていた。笑い声がするのは、きっとまた高瀬がふざけている。それでもあいつは、最近ちゃんと練習に来るようになった。あいつの中で、どんな変化があったのだろう。俺よりずっと川木に近いあいつなら、言えることがあるのかもしれない。

「山本は、どうしてほしいの？」

ふいに浅井が言って、俺は浅井の顔を見た。

「知ってンだろ？」

不機嫌に言い返す。俺のスタンスは春からずっと一貫しているつもりだ。あいつがいきなり海外行きを言ってから、俺はずっと苛立っている。それはみんな、わかっている。なにそんなにいらいらしてるんだ、と訊かれて「あいつがあまりに無責任だから」と言うと、だいたいのやつには「まー山本は部長だからなあ」と妙な納得のされ方をした。

「んー、それってつまり、裕吾に海外に行ってほしくないの？」

俺は口を開きかけて、でもうまく答えられなかった。

行くのは許さない。と言った。試合に負けたら残れとも言った。

残ってほしいとは思っている。

でもそれは「行ってほしくない」とイコールだろうか。

「いや……そういうわけじゃない……けど……」

俺はぼんやり鈍色（にびいろ）の空を見つめた。

なんだ？　俺は川木にどうしてほしい？　もしあいつが本当に部に残ったら、俺はどうするつもりなんだろう。わからない。考えてもみなかった。だってあいつは絶対、負けない。

＊

日差しの強い日が増えてきて、季節は確実に夏へと近づきつつあった。

もう少し季節が移ろえば、みんな靴下の形をした日焼けの跡で盛り上がるのだろう。スポーツドリンクの入ったジャグが、カランカランと氷の音を立てるようになるのだろう。汗のにじんだグリップが擦り切れるほどに、練習を重ねる日々がくるのだろう。

けれどその風景の中に川木がいないことを、あいつらは想像できているのだろうか。

俺にはできない。川木裕吾が、夏のコートの中、まっすぐ天をさすように立ち尽くす姿――強い日差しを受けてきらきらと輝く、細いその背中が、瞼（まぶた）の裏に焼きついて、ずっと消えていかないのだ。

六月末。その日は異様に暑かった。まるで八月の、盛夏のような熱気に包まれて、俺と川木はネットを挟み向かい合っていた。空にはちょっと気の早い入道雲が浮かんでいた。部内戦、決勝トーナメント。その決勝戦だった。

部内戦のルールは単純だ。既存のランキングをもとにブロック分けする。ブロック内でリーグ戦を行い、その成績上位者で決勝トーナメント。都立対抗のメンバーは八人選ぶので、トーナメント進出時点でレギュラーは確定。本来なら、トーナメントには順位決めの意義しかない。でも今回は、もう一つ重要な意味がある。

川木がチームに残るか、それとも海外へ行くか。

それは、俺と川木だけの約束だ。

俺も川木もリーグを抜け、トーナメントも順当に勝ち上がってきた。川木のブロックには徹と白石がいて、俺のブロックには澤登がいる。でも俺たちは、彼らを破ってここまで上がってきた。既存ランキングでもナンバー1とナンバー2。その順位が動いたことはない。この一年、俺が二位以下に落ちたことはないし、この二年、川木が一位以下に落ちたことはない。

試合前、サーブ権を決めるトスのときに、川木は黙って俺を見た。何かを言いたそうに見えた。でもその前に、俺の回したラケットがくるくると地面に落ちて……川木はそれを拾い上げ、グリップエンドのＨＥＡＤのマークをこっちに向けた。

「ラフ」

「じゃあ、サーブで」

俺はサーブ権を取り、川木に背を向ける。……視線を感じる。俺は振り向かない。ベースラインまで歩いて、そこで川木の方を向くと、あいつはまだネット際で、ぼんやり空を見上げていた。

釣られて俺も上を見る。

土曜日午後のコート。六月の日差し。むっと蒸し暑い。立ち上る蒸気には、確かに質量があるように感じる。でもそれが昇っていく空は青く、澄んでいる。濃く、強い、草いきれのような夏の気配がする。

アメリカ。フロリダって言ってたっけ。向こうは暑いんだっけな。日本の八月よりも、暑いのかな。

川木がゆっくりベースラインに向かって歩き始めた。川木のサイドはコートの出入り口があって、妙にギャラリーが多い。もともと川木の試合は観たがるやつが多いけど、たぶん今日は特別だ。

川木の試合を観れるのは、これが最後だから。

川木は七月に海外に行くことになっている。都立対抗には出ない。部内戦の後、練習試合の予定もない。川木の試合は、今日が最後。だからか、女子もやけに多いのは。日々乃と宮越、水川、浦沢。浅井の顔も見える。男子は高瀬までいる。

審判台には白石が座り、川木がポジションにつくのを見ると、神妙な顔で試合開始を宣言した。

「ワンセットマッチ、プレイ！」

*

高校テニス部で再会した川木は、最後に見たときより背が伸びていた。雰囲気も少し、大人びたか。それでもやっぱりコートの外では緩い雰囲気で、へらっと笑う。

もしかして人違いかと思ったけど、自己紹介を聞いたら確かに「川木裕吾です」と名乗っていたから本人なのだろう。二・三年生が少しどよめいて、一年の中では俺だけが顔をしかめた。

「なんでうちに来たの」

という先輩の問いかけは当然だった。川木ほどの選手なら、私立公立問わず、強豪校から確実にお声が掛かったはずだ。

へらっと笑った川木の回答は、俺を納得させるものではなかった。

「家が近かったから、っすかね」

とにかく負けたくなくて、四月の外周はがむしゃらに走った。受験期もブランクを作らないようにランニングはしていたから、他の一年もろとも置き去りにしてやる。一人だけついてくるやつがいて、こいつは見所があるなと勝手に思っていた。川木は常に、一番後ろの方をちんたら走っていた。

トレーニングでも川木は弱っちかった。腹筋五十回程度でひぃひぃ言っている。本当におまえ、あのときの第2シードかよ？　別人じゃねえのか？　実際に打つ機会のない四月には、どうしてもそう疑ってしまうときがあった。

でも、春の終わりにようやくコートで打たせてもらえる日があって、俺は自分の記憶が間違っていなかったことに少しだけ安堵する。

コートの上に立った川木は、紛れもなくあの日の第2シードだった。受験のブランクを嘲笑うかのようなスイングスピードを、初めて間近で見て、俺は全身が総毛立つのを感じた。

フェンス越しに見るのとは全然違う。

そのボールを受けてみて、初めてわかる。

すげえ。

筋肉や体力だったら絶対俺の方があるのに、なんであんなボールが打てるんだ。

あのひょろひょろした体のどこに、そんなパワーが眠ってるんだ。

伸びるボール。ライン際でストン、と落ち、強く弾む。着地後の方が加速してるんじゃないかってくらい、高くバウンドする。いったいどうやって回転かけてんだ。わけがわからねえ。

一年はもちろん、先輩でもまともに返せている人はいなかった。ただのストレートラリーだぜ？　自分のところにまっすぐ飛んでくるボールを返せないってのは、よっぽどのことだ。

五月に入って、本入部が決まると、一年のランキングを決めるため新入生同士の部内戦が組まれることになった。総当たりのリーグ戦を俺は勝ち上がり、最終的に全勝同士で川木と当たった。

さすがに勝てるとは思っていなかったが、まさか団子とは思わなかった。

勝負になんかならなかった。全面ラリーになると――いや、それはもうラリーというか、ただの一方的な振り回しだった。俺は馬鹿みたいに走った。犬みたいだとぼんやり思いながら、必死にボールを追い続けていた。返すのが精一杯だった。そして、返すことしかできない俺が追いつけなくなるまで、あいつはひたすらにコートの隅にボールを打ち続けるのだ。

0－6で負けた。やけに右に曲がってくるフォアハンドに、最後まで慣れなかった。ゲームカウントもそうだが、たぶん獲れたポイントが異様に少ない。デュースには一度もならなかったし、30まで獲れたゲームなんて数えるほどだ。サービスエースなんて、いったい何本獲られたのだろう。

そんな完全敗北の後、けれど俺は少し、清々しい気分になった。

三年間、こいつと同じチームであることは、幸運なのかもしれない。

いつでもこいつと自分の差を確認できる。

いつでもこいつと打てる。

いつでもこいつと、勝負できる。

そのとき俺は、これから三年間、その遠い背中を追いかけることに、少しわくわくしていたのだ。

＊

0－0。

右腕は唸る。

ラケットが風を切る音が、鼓膜を短く震わす。

熱気に満ちたコートにはボールを打つ音だけがこだましている。異様なほどに濃く、重たい空気が音をこもらせる。まるでインターハイの本戦のようだ。

1－0。

1－1。

太陽が高い。

全身から噴き出した汗が乾いたオムニに落ちて、すぐ乾く。そのくせウェアは濡れてどんどん重くなっていく。

さっき飲んだ水が、もう全部体の外に出てしまったように感じる。

ラケットのフレームが熱を帯びる。グリップが汗でべとついて、却って手になじむ。

いい感じだ。いい感じだと、強く思う。

2－1。

2－2。

2－3。

コートの向こうには川木がいる。

互いにサーブを打つ直前、相手を見る。目が合う。ふっと逸らして、トスを上げる。

俺たちは無言で打ち合う。まるで練習のように。今まで何度も繰り返してきたように。静かに、けれど確かにラリーは加速していく。

３－３。

食らいつくようにブレークバック。川木のサービスゲームをブレークできることなんて、日頃そうそうない。

調子がいい。

頭の中にあるのは、ボールがどう飛ぶかのイメージだけ。イメージすれば、その通りにボールが飛ぶ。

川木のボールが飛んでくる。

どこに落ちるのか、どの程度跳ねるのか、俺にはなんとなく見えている。

ボールの後ろに回り込み、素早くテイクバック。ジャストなタイミングでラケットを振り出し、スイートスポットでインパクト。

重たい。いつになく重く感じる。

押し込まれそうになるのを、振り切るようにフォロースルー。

放たれたボールは綺麗に弧を描く。ネットを越えバウンド、高く跳ねる。いい弾道だ。いいボールが打てている。

そのボールを川木は打ち返してくる。何事もなかったかのように。縦のトップスピンに加え、横のサイドスピン。右に曲がり、右に逃げるようにバウンドする独特の回転。

ついついポジションを右に寄せたくなる。

だめだ。

右へ寄ればストレートへ打たれる。そうして空いたオープンスペースへ、再びクロス。そうやって、左右に相手を走らせるのがやつのテニスだと俺は知っている。嫌というほど知っている。

走らされることは、覚悟しなければならない。

そのうえで、川木に気持ちよく打たせてはならない。

しんどい戦い方しか、ない。

普段なら、がんがん打っていきたい。でも今日は、耐えることを自分に課した。

思い切ってイチかバチかのカウンターを狙いたいところも、弾道高めのスピンで時間を作る。川木が前に出てきそうだったら、深いトップスピンロブを打つ。攻め込まれたとき、ラリーをリセットするためのワンショットを挟む。

このための練習はしてきた。そのための、オーバーワーク。

俺が守備を高めると、川木のテニスはさらに攻撃性を増す。

左右がダメならとばかりに、前後に揺さぶりをかけてくる。

タッチのいい川木のドロップが脅威なのは知っている。知っていても、取れないときもある。

それでも俺は足を止めない。

足を止めたら、負ける。

体力馬鹿の俺が、そこで妥協はできない。

常に全力疾走。どんなボールでも食らいつく。どんな苦しいときでも手は伸ばす。

勝てるはずない。そう思うけど、いざ試合が始まってみれば、そんなことは頭から吹っ飛ぶ。

勝つ。

絶対勝つ。

負けねえ。

俺は走る。

ひた走る。

あいつの背中に追いつけなくても、あいつのボールになら追いつける。

コートの端から端まで駆ける。

走っている距離は俺の方が圧倒的に長い。

喉（のど）が干からびて、腹が痛くて吐きそうだ。

足が重い。

今すぐ立ち止まってコートに大の字に寝転びたい。

それでもその重たい足を一歩、前に向かって踏み出せば、もうボールしか見えない。

右手を伸ばす。

オムニの砂がきらきらと光っている。

夏の砂浜みたいだ。

ラケットの先端がボールに届く。

世界は静寂している。

テニスの試合中、歓声は聞こえない。

フレームがボールを弾く。

よろよろとネットをこえる。

入った、と思った瞬間、川木のラケットが滑り込んできて、反対側へ綺麗にボールを落とした。ころころと自分のコートの中を転がっていくボールを見つめて、俺は腰に手を当てて天を仰いだ。

大粒の汗の玉が額を滑り落ちていった。今日は、空を近く感じる。息をするたびに、その青さが肺の中に満たされていくようで……ポイント間に深呼吸をすると、入道雲のように気持ちがもくもくと高ぶっていく。

3－4。チェンジコート。

頭が真空状態になったかのようだった。

思考が浮いている。普段は複雑に絡み合って、あちこち癒着している煩悩の一つ一つが、今は容易にほぐせる。

なんでだろうな、とベンチに腰掛けながら自問する。

こんな試合、なんの意味も持たない。

このチームのナンバー1は、誰がなんと言おうと川木だ。いちいち試合をして確かめるまでもない。

結局、理屈じゃないってことか。

俺は川木に勝ちたい。

だから川木といい試合をできることが、嬉しい。

初めてそのプレーを見たあの日から、超えたいと思ってきた。その背中を追うのが楽しいのは、いつか追いつくつもりでやっているからだ。三年間、俺は一度だって川木に勝っていない。でも、その差が広がっていると思ったこともなかった。あいつも強くなっているけれど、俺だって強くなっている。追いかけ続ければ、いつかきっと、追いつけるはずだ、と。

でも川木は、海外へ行くと言い出してしまった。

そのとき俺は、自分と川木の差がぐんと開くのを、感じてしまった。

折しも高校三年。人生の岐路。子どもから大人へ、自分の道を選ぶ時期。十七歳のあいつがあっさり選んだ道は、かつての俺が夢見ていた道だった。

このちっぽけなチームの中ですら、俺は何一つあいつに勝てないのに。

俺が選べない道を、あいつはいとも簡単に選んでしまった。

苛ついた。

焦った。

比べることなんかできないのに、比べてしまった。

苦しくなった。

苛ついて、焦って、苦しくて、だから八つ当たりをした。だから俺は、川木の海外行きを許さなかった。個人的な感情を巧妙に覆い隠すために、部長という肩書きを利用し、エースはチームのためたれという大義名分を振りかざして、こいつを引き留めようとした。それが川木裕吾という大き過ぎる選手を、このちっぽけなコートに縛りつけてしまうことになると、頭のどこかでわかっていても。

「タイム！」

時間を告げる審判の声。俺はベンチから立ち上がる。コートの向こうにはすでに川木が立っている。その全身から立ち上るオーラは、23・77メートル離れていてもわかる。まるでインターハイの決勝みたいに、集中しているのがわかる。

鬼神のごときそのプレーは、ついに俺を置き去りにする。

高校生とは思えない強烈なボール。次々とコートを稲妻のように駆け抜けていく。

なぜ、こいつはここにいるんだろう。

ふいに思ってしまったそれが、きっと答えだった。

こいつをここへ閉じ込めて、どうなるというのだ。縛られたままのこいつに追いつけたとして、俺はそれで本当に満足なのか。こいつを解き放ったら、追いつくどころか、背中すら見えない場所へ行ってしまうかもしれない。それでも——五年前、初めて憧れたシード選手の背中は、確かにそんなだったなと、俺はふと思い出す。

「八つ当たりしたところで、差は縮まらねえよ」

頭の中で、中学一年の俺がぼそっと言うのが聞こえた気がした。

川木のボールが、綺麗にダウン・ザ・ラインを抜けていき、俺はため息をついた。

ああ、すげえ。

すげえボールだ。

思わず見惚れちまうボールだ。

負けてるのに、俺から挑んだ勝負なのに、笑っちまうようなボールだ。

「……そうだな」

俺はスコアボードを見上げる。

3−5。川木のサービスゲーム。ポイントは40−30。このサーブを取られたら、負ける。俺の敗北だ。

くそ、強(つえ)ぇな。

やっぱおまえ、強ぇわ。

そんで、やっぱすげえわ。

三年間、ずっと一緒に打ってきた。誰よりもわかってるつもりだ。技術的なことは、徹の方がわかってるのかもしれない。日々乃の方が理解しているのかもしれない。高瀬には本音を言ってきたのかもしれない。浅井になら言えることがあるのかもしれない。

それでも、これだけは言える。

おまえのすごさは、俺が一番わかってる。

ずっとその背中を追ってきたから、わかるんだ。

行けよ、海外。

行くべきだ。

本当はわかってたさ。

おまえがこんな小さな部に、おさまるべき器じゃないってことくらい。

今は勝てない。

この先も、勝てないかもしれない。

それでもいい。

行け。

行け。

どこまでも、上を目指せ。

そうやって、高みへと上がり続けるその背中に憧れたのだから。

俺が追いかけたいと思ったのは、そういうおまえだったんだから。

だから、行けよ、エース。

トスを上げようと、バックサイドに立った川木が、こっちを見た。顔なんてよく見えない。でもその仕草には迷いを感じた。

迷うなよ、川木。

全力でこい。全力の、最高のサーブでこい！

川木がトスを上げた。

静かで、ゆっくりと、綺麗なトスだった。まっすぐ上がって、まっすぐ落ちてくる。

その軌道を遮るように、目にもとまらぬ速さでラケットが振られた。

動けなかった。

音だけが聞こえた。

見なくてもわかった。

俺は笑った。

白石が試合の終わりをコールしている。

終わった。俺は、負けたのだ。

なぜか、一年のときの初めての試合を思い出した。あのときも、こんな気持ちになったっけな。清々しい、いっそ気持ちいいくらいの解放感……。

ネットまで歩いていき、手を差し出した。いつまで経っても川木が握手をしてこないので、見上げると、やつは変な顔をしていた。

「なんだよ、その顔」

訊ねると、川木は奇妙な顔で笑った。

「……これで、海外行きの許可は出たか？」

「あ？」

俺は顔をしかめながら、今さら、少しだけ後悔する。こいつと同じチームとして、最後の大会を戦えないこと。俺は自ら言い出した賭けに負けて、それをどうしようもなく事実にしてしまったのだ。

八つ当たりだったにしろ、大きく間違ったことを言っていたとは今でも思わない。俺にこいつの代わりはできない。こいつが抜けた穴はどうしようもなくでかくて、俺たちはそれを今年の夏の都立対抗で思い知ることになるだろう。

でも、しょうがない。しょうがないのだ。それが俺を含め、チームの総意になっちまった。この試合で、なっちまったのだ。だから俺は、ゆっくりと手を上げた。

「おまえの勝ちだ。胸張っていってこい！」

どんと胸を押しやると、川木はしばし呆然（ぼうぜん）としてから、溶けるように笑った。俺たちは改めて向き合い、しっかりと握手をした。

コートの外から拍手が鳴り響く。それで目を覚ましたみたいに、どこかで今年初めての蟬の鳴き声がし始める。夏がくるのだ。エースのいない、三年目の夏が……。

＊

筆箱を捜してラケットバッグを引っかき回していたら、底からくしゃくしゃになった古い進路調査票が出てきた。ぐしゃぐしゃに塗りつぶされた第一志望に透けて見える大学名を人差し指でなぞり、俺は苦笑いをこぼす。

ちょうど新しい進路調査票を書こうとしていたところだった。あれから色々大学を調べて、まだはっきりとは決めていないけれど、いくつか候補は考えている。今年の夏にオープンキャンパスに顔を出して、雰囲気をつかんでこようと思っている。

未来のことはわからないし、自分がどんな大人になりたいのかなんて、相変わらずる。

ちっとも見えてはいない。

それでもあいつとの試合の後、自分のやりたいことは、少しわかったような気がす

「いつ出発なんだ」と訊いたら「七月」としか言わなくて、川木は詳細な日程は教えてくれなかった。見送られるのが嫌らしい。六月いっぱいで退学してしまった川木は、もう学校には来ていなくて、携帯電話も解約してしまったらしく連絡は通じなくなった（あっちに着いてから、ＰＣでフリーメールのアドレス作って連絡する、とは言っていたが）。

ただ、浅井が自分の親経由でどうやら日程を訊き出したようだ。この二人は幼馴染で、親同士仲がいいらしく、その辺の情報は筒抜けなんだそうだ。「裕吾もばかだねー」と浅井が笑っていた。

ともあれ日程が判明したので、有志が空港まで見送りにいくのかと思っていた。俺は別に、そんなつもりはない。あの試合で伝えたいことは全部伝えたと思うし、こちとら都立対抗戦に向けて寝る間も惜しい身だ。

ところが七月のある日、浅井が席までつかつか歩いてきたかと思ったら、「はいこれ」と巨大なテニスボールの寄せ書きが入った紙袋を渡してきたのだ。

「なんだこれ」

「見ればわかるでしょ、寄せ書き」

「それはわかる。渡す相手間違ってんぞ」

「間違ってないよ。山本から渡して」

「は？」

俺は素っ頓狂な声をあげた。

「なんで俺が」

浅井は短くなった髪の先を、ねじるように触りながら言った。

「それ、見ればわかると思うけど、山本以外はみんな書いたの。でも高瀬がすごいでかでかと書いちゃって、もう書くスペースがないんだよね。だから、山本が言いたいことは直接言ってもらおうって話になった」

「は？」

俺はもう一度素っ頓狂な声をあげた。中のボールを見ると、確かに一際でかい字で「桜木さんはオレがもらった！」とよくわからないメッセージが書かれている。あいつ、他に書くことなかったのか？

「だから渡すついでに、見送ってきてよ」

浅井はなぜか、にこにこしている。

「いや……あいつ、俺なんかに見送られても嬉しくねえだろ」

「山本にこそ、見送ってほしいと思うけど」

浅井はやっぱりにこにこした。なんとなく圧のあるその笑顔に逆らうこともできなくて、俺は渋々紙袋に手を伸ばした。

「そういえば山本さ、」

浅井が窓の外に目をやる。

「進路、W大なの？」

「なんで知ってんだよ」

「こないだ職員室行ったとき、北沢先生の机に進路調査票のってたから。たまたま山本のが一番上だったんだよね」

「ああ……」

それは仕方がない。提出したのが一番最後だったから。

「W大ってさ、テニス強いとこだよね」

「……そうだな」

肯定すると、浅井は何も言わずに、今度はなぜかにやにやした。

「なんだよ？」

「なんでもない。じゃ、寄せ書きよろしくね」

そうご機嫌に言って、自分の席に戻っていったのだった。


七月某日。俺は羽田空港へ向かった。

羽田空港発、サラソータ・ブレイデントン国際空港行。日本時間十時四十分発とのことだった。現地時間約十六時着。飛行時間はおよそ十八時間。川木は十五時間くらいと言っていたが、成田からだったのか？　直通便ではなさそうだから、もし直通があるなら十五時間くらいで行けるのかもな。

よく晴れた日だった。先日少し早い梅雨明けが発表されて、いよいよ夏が本格化しつつあった。最近、コートの周りは桜の木に止まった蟬の大合唱でわーんとしている。地面にひっくり返った蟬に怯える一年女子の前で、「足閉じてるのは死んでるよ」となんでもなさそうに摘まみ、植え込みの中にそっと捨てていた日々乃の姿が、妙に印象に残っている。

空港に着くと、真っ青な夏空と入道雲をバックに、巨大な飛行機が次々と発着しているのが見えた。空港にくるのは、ずいぶん久しぶりだ。まだ夏休みには早いが、中は人でごった返している。

どうやって川木を探すのか、モノレールの中でずっと考えていたのだが、見透かしたように浅井からメールが入った。

「出発するとき、展望デッキから自撮りして送れって言っといたから、たぶん展望デッキにいるよ」

なんの証拠写真なんだよ、と思いながら半信半疑で展望デッキへ行ったら……うわ、まじでいた。

巨大なキャリーに腰かけて、この海外行きのためにわざわざ買ったのか、真新しそうなデジカメのシャッターを自分に向けて仏頂面で切っている。うまく撮れないのか、画面を確かめては顔をしかめている。

「撮ってやろうか」

しばらく横から見ていても気づかないので、ため息をつきながら話しかけたら、川木はびくっとしてこっちを見上げ、うめき声をあげた。

「なんでいんだよ」

ご挨拶なこったな。俺だって、別に来たくはなかったさ。

立ち話もなんだし、保安検査場に入るまでまだ時間があるというので、空港の喫茶店に入ることにした。つくづく、こいつとサシって気まずいな。浅井が来れば、普通に盛り上がっただろうに。ま、別れがしんみりしないってメリットはあるかもしれない。

「っていうか、なんで時間まで知ってんの」

「浅井の親がおまえの親に訊き出したのを浅井が訊き出した」

「あー……」

口止めしたんだけどなあ、と川木は呻く。まあ、無駄だろうな、その口止めは。

「っていうか、なんで翼が来るんだよ。嬉しくねえよ」

「文句は浅井に言え」

鼻を鳴らすと、川木もはあ、とため息をついた。俺が嫌なら最初から浅井を呼んどけよ、めんどくさい。

店員が氷のたくさん入ったアイスコーヒーを二つ置いて、去っていった。店内は涼しいけれど、ひんやりとしたグラスはすでに汗をかいている。壁際の席は滑走路がよく見えた。夏の日差しを反射して、飛行機の翼が白く輝いている。ちょうどまた一機、快晴の空から飛行機が飛んできて、綺麗に着陸を決める。

川木がデジカメを取り出して、ぱしゃっとシャッターを切った。

「そんなの撮ってどうすんだよ」

「帰ってきたら見せてやろうと思って」

「誰に」

「みんなにさ。ちゃんと報告しないとだめだろ。いきなりチーム抜けて、海外行くんだからさ。俺があっちでどんなことして、どんなもの見て、どんなもの食ってたのか……まあ、成果はテニスで出すとしてさ」

「みんな？」

「今の一年と、二年と、三年？　あとクラスメイトと、家族と……さすがにOBはいいよな。田崎先輩とか、結構相談乗ってくれたんだけどさ。あの人、人の話そんなに聞かないのな」

ぺらぺらと世話になった人間をリストアップする川木を見ていて、俺はふと気づいた。

こいつ、本当は全部大事にしてたのかもな。

部のやつらは、川木がなんの迷いもなく海外を選んだって、もしかしたら思ってるのかもしれないけど。っていうか、俺も思ってたけど。でもたぶん、こいつはそう見えないだけで、迷いっていうか、未練みたいなものは、今思うと結構こぼしてた気がする。

徹とのダブルスに執着したり。

日々乃ともだいぶ打ってたみたいだし。

高瀬に誘われてサボっちまうのだって、あいつとの時間を大切にしてたからだろう。

浅井の気持ちには、まだ気づいてなさそうだけど。

俺との試合は……まあ、ついでだったのかな。

そもそも海外行きがわかった春先に、辞めようと思えば辞められたはずの部を続けたこと自体が未練だったのかもしれない。エースとして、きちんと何かを残していかなきゃと思っていたのかもしれない。

インターハイを投げ捨てていくことも、都立対抗に出ないことも、本当は気にしている。でもこいつはテニスのこととなると一直線だから、今だって飛行機に乗ってあっちに行っちまったら、そんなことところっと忘れて新しい環境での練習に打ち込むのだろう。

そういうやつなんだ。知ってたようで、わかってなかった。今は少しだけ、わかるような気がする。

「別にいいよ、成果だけで」

俺は言った。川木は一瞬こっちを見たが、何も言わなかった。

頼んだアイスコーヒーはちっとも減らないまま、中の氷だけが溶けていく。

時間になった。

俺たちは保安検査場の前で、簡潔に別れを告げた。しんみりするのはガラじゃない。たぶん、お互いに。

「サンキューな、翼」

けれどふいに川木がそんなことを言い出したので、俺は照れ臭くなってかぶりを振った。

「別に見送りくらい……」

「いや、だから見送りは嬉しくねえっつーの」

川木は笑って、そうじゃなくて、と付け加える。

「三年間、ありがとな」

俺は目を丸くする。

川木は、遠くを見る目をしていた。

「翼は知ってたかもしれないけどさ。俺、最初あまりやる気なかったんだよ、部活。強豪校に声かけられてたけど、なんかもう、限界見えてる気がしてさ。どうでもよかったんだ。なんか気楽にテニスしたいなって思って、近くの高校選んで、別にインターハイとか、行けるとこまで行ければいいやって」

俺は黙って聞く。

浅井はひょっとして、知っていたのだろうか。川木が俺に、言い残したことがあるってこと。

「けど、いざ入部してみたら、なんかすげえ必死で追ってくるやつが一人いんのね」

「……悪かったな、必死で。しかも結局追いつけなくて」

俺はふてくされる。本当に三年間、ただの一度だって勝てなかった。

「それはまあ、俺も全力で逃げてたから」

川木は笑っていた。

「二年くらいのときにさ、自分でもびっくりしたんだよ。超えられないと思ってた限界、あっさり超えてる自分がいたんだ。鬼の形相で追ってくる翼に追いつかれたくなくて、必死にやってたら、いつのまにか超えてたんだよ。笑ったね。なんだ、俺まだまだ行けけんじゃんって」

「そんなの、関係ねえだろ」

俺は言い返す。

「おまえはいつだって、勝手に走ってたよ」

少なくとも俺からすれば、そうとしか見えなかったが、川木はかぶりを振った。

「違うね。おまえがいたから、今の俺があるんだよ」

返す言葉を、うまく見つけられなかった。

そういうことを、恥ずかしげもなく言えてしまうのが、素のこいつのすごいところかもしれない。

本当に、俺はおまえを孤独なエースにしないで済んだだろうか。今年のチームは、ワンマンじゃなかっただろうか。結局、頼り切りだったような気もする。川木が抜けた数週間後の都立対抗は、どんなにあがいたって川木がいた頃の戦績は出せない。俺に、おまえの代わりはできないから。

俺はきっと、いい部長じゃなかったよ。

それでも、川木に感謝されると、悪い気はしなかった。

「プロになって戻ってこいよ」

俺は紙袋から寄せ書きのボールを取り出して、川木に向かって放った。

ボールを受け取って、しばらくくるくると回してメッセージを読み、川木は顔を上げた。

「翼のは？」

「今言った」

俺は言って、さっさと行けと手を振った。

川木はうなずいて、くるりと背を向ける。エースの背中は、そのまま保安検査場に吸い込まれて、一度も振り向かなかった。

ふっと瞼（まぶた）の裏に浮かぶ光景があった。

川木が、夏のコートの中、まっすぐ天をさすように立ち尽くす姿。強い日差しを受けてきらきら光る、細い背中。

それはきっと、未来なんだと、今はわかるような気がする。
これからも俺が追い続ける、あの日の白い憧れ。
そういえば明日、あいつは、十八歳になる。

本書は書き下ろしです。

17歳のラリー

天沢夏月

令和２年 10月25日　初版発行
令和６年 ９月20日　再版発行

発行者●山下直久

発行●株式会社KADOKAWA
〒102-8177　東京都千代田区富士見2-13-3
電話　0570-002-301（ナビダイヤル）

角川文庫 22373

印刷所●株式会社KADOKAWA
製本所●株式会社KADOKAWA

表紙画●和田三造

ISBN 978-4-04-913465-0　C0193

◆◇◇

角川文庫発刊に際して

角川源義

第二次世界大戦の敗北は、軍事力の敗北であった以上に、私たちの若い文化力の敗退であった。私たちの文化が戦争に対して如何に無力であり、単なるあだ花に過ぎなかったかを、私たちは身を以て体験し痛感した。西洋近代文化の摂取にとって、明治以後八十年の歳月は決して短かすぎたとは言えない。にもかかわらず、近代文化の伝統を確立し、自由な批判と柔軟な良識に富む文化層として自らを形成することに私たちは失敗して来た。そしてこれは、各層への文化の普及滲透を任務とする出版人の責任でもあった。

一九四五年以来、私たちは再び振出しに戻り、第一歩から踏み出すことを余儀なくされた。これは大きな不幸ではあるが、反面、これまでの混沌・未熟・歪曲の中にあった我が国の文化に秩序と確たる基礎を齎らすためには絶好の機会でもある。角川書店は、このような祖国の文化的危機にあたり、微力をも顧みず再建の礎石たるべき抱負と決意とをもって出発したが、ここに創立以来の念願を果すべく角川文庫を発刊する。これまで刊行されたあらゆる全集叢書文庫類の長所と短所とを検討し、古今東西の不朽の典籍を、良心的編集のもとに、廉価に、そして書架にふさわしい美本として、多くのひとびとに提供しようとする。しかし私たちは徒らに百科全書的な知識のジレッタントを作ることを目的とせず、あくまで祖国の文化に秩序と再建への道を示し、この文庫を角川書店の栄ある事業として、今後永久に継続発展せしめ、学芸と教養との殿堂として大成せんことを期したい。多くの読書子の愛情ある忠言と支持とによって、この希望と抱負とを完遂せしめられんことを願う。

一九四九年五月三日

角川文庫ベストセラー

バッテリー　全六巻
あさのあつこ

中学入学直前の春、岡山県の県境の町に引っ越してきた巧。ピッチャーとしての自分の才能を信じ切る彼の前に、同級生の豪が現れ!? 二人なら「最高のバッテリー」になれる! 世代を超えるベストセラー!!

ラスト・イニング
あさのあつこ

大人気シリーズ「バッテリー」屈指の人気キャラクター・瑞垣の目を通して語られる、彼らのその後の物語。新田東中と横手二中。運命の試合が再開された! ファン必携の一冊!

晩夏のプレイボール
あさのあつこ

「野球っておもしろいんだ」――甲子園常連の強豪高校でなくても、自分の夢を友に託すことになっても、女の子であっても、いくつになっても、関係ない……野球を愛する者、それぞれの夏の甲子園を描く短編集。

グラウンドの空
あさのあつこ

甲子園に魅せられ地元の小さな中学校で野球を始めたキャッチャーの瑞希。ある日、ピッチャーとしてずば抜けた才能をもつ透哉が転校してくる。だが彼は心に傷を負っていて――。少年達の鮮烈な青春野球小説!

グラウンドの詩（うた）
あさのあつこ

心を閉ざしていたピッチャー・透哉とバッテリーを組む瑞希。互いを信じて練習に励み、ついに全国大会への出場が決まるが、野球部で新たな問題が起き……中学球児たちの心震える青春野球小説、第2弾!

角川文庫ベストセラー

角川文庫ベストセラー

きみが見つける物語　十代のための新名作　休日編
編／角川文庫編集部

とびっきりの解放感で校門を飛び出す。この瞬間は嫌なこともすべて忘れて……読者と選んだ好評アンソロジーシリーズ。休日編には角田光代、恒川光太郎、万城目学、森絵都、米澤穂信の傑作短編を収録。

きみが見つける物語　十代のための新名作　友情編
編／角川文庫編集部

ちょっとしたきっかけで近づいたり、大嫌いになったり。友達、親友、ライバル——。読者と選んだ好評アンソロジー。友情編には、坂木司、佐藤多佳子、重松清、朱川湊人、よしもとばななの傑作短編を収録。

きみが見つける物語　十代のための新名作　恋愛編
編／角川文庫編集部

はじめて味わう胸の高鳴り、つないだ手。甘くて苦かった初恋——。読者と選んだ好評アンソロジーシリーズ。恋愛編には、有川浩、乙一、梨屋アリエ、東野圭吾、山田悠介の傑作短編を収録。

セブンティーン・ガールズ
編／北上次郎

稀代の読書家・北上次郎が思春期後期女子が主人公の小説を厳選。大島真寿美、豊島ミホ、中田永一、宮下奈都、森絵都の作品を集めた青春小説アンソロジー。

800
川島　誠

優等生の広瀬と、野生児の中沢。対照的な二人の高校生が走る格闘技、800メートル走でぶつかりあう。緊張感とエクスタシー。みずみずしい登場人物がおりなす、やみくもに面白くてとびきり上等の青春小説。

角川文庫ベストセラー

ラストシュート
絆を忘れない　小宮良之

小6のゆうは、キッカーズのエースストライカー。同級生の蓮としげピーと共に練習に励んでいた。ゆうは亡き父からの言葉を胸に仲間との衝突、チームの崩壊危機などを経験しながら、少しずつ成長していく――。

DIVE!!（ダイブ）(上)(下)　森絵都

高さ10メートルから時速60キロで飛び込み、技の正確さと美しさを競うダイビング。赤字経営のクラブ存続の条件はなんとオリンピック出場だった。少年たちの長く熱い夏が始まる。小学館児童出版文化賞受賞作。

ラン　森絵都

9年前、13歳の時に家族を事故で亡くした環は、ある日、仲良くなった自転車屋さんからもらったロードバイクに乗ったまま、異世界に紛れ込んでしまう。そこには死んだはずの家族が暮らしていた……。

気分上々　森絵都

〝自分革命〟を起こすべく親友との縁を切った女子高生、一族に伝わる理不尽な〝掟〟に苦悩する有名女優、無銭飲食の罪を着せられた中2男子……森絵都の魅力をすべて凝縮した、多彩な9つの小説集。

クラスメイツ〈前期〉〈後期〉　森絵都

部活で自分を変えたい千鶴、ツッコミキャラを目指す蒼太、親友と恋敵になるかもしれないと焦る里緒……中学1年生の1年間を、クラスメイツ24人の視点でリレーのようにつなぐ連作短編集。